夜中の電話

父・井上ひさし最後の言葉

井上麻矢

集英社文庫

目次

本書は、二〇一五年一一月、書き下ろし単行本として
集英社インターナショナルより刊行されました。
文庫化にあたり「第四章　父との思い出」を加筆し、
再編集いたしました。

目次デザイン　矢野のり子（島津デザイン事務所）

夜中の電話

父・井上ひさし最後の言葉

はじめに

父があの世に行った日のことは、つい最近のような気もするし、もう何年もたったような気もする。思い出しても不思議と、悲しみとかそういう感情はなく、淡々としていて、またきっとどこかで会えると信じている。

父ががんの治療をしていた茅ヶ崎《ちがさき》の最初の病室からは富士山がきれいに見えた。がんの告知を受けたのは二〇〇九年の秋の初めであったが、日増しに寒々しくなる病院の窓越しの景色を、父はどんな想いで見ていたのだろうか。

そういえば、この世からいなくなる数ヵ月前、「今年は春が遅いのか、この歳になると、桜の咲くのを見るのも楽しみになるんだ」と春が待ち遠しいと言っていた。

春は再生の季節、その生命力を、目で耳で鼻で感じたかったのかもしれない。いや、そんな感傷的なことなど考えなかったのかもしれない。

残された時間、いったい何を優先して書いたらいいのか、冷静に考えたに違いない。幼い頃を孤児院で暮らし、けっして幸せな少年時代を送ったわけではなかったが、自分の不幸さえも幸せに転化させる術、「書くこと」を見つけた父。中年期以降は本来が明るい性格だったのだろう、とても楽天家でもあった。

闘病中、父はなるべく大好きな鎌倉《かまくら》の家に戻りたいと思っていたようである。実際に抗がん剤治療以外は、鎌倉の自宅に戻っていた。父の家の裏には竹林がある。なるほど、その竹林を見ていると心が落ち着く。

ちなみに鎌倉の寺にある父のお墓も竹林に守られている。

父は最期の瞬間に、家から見える竹林に守られながらあの世へ行ったわけだが、春の景色はとても不安定で、竹の葉を風が揺らしていた。その音が今では私の中にずっと根深く響いている。それ以来、風の音にひどく敏感になった。


父の死顔を見た時、私は心底ホッとしたのを覚えている。

「ああ、これで、やっと締め切りを意識しないで、ゆっくり眠ることができるね」と。

それが正直な気持ちだった。

父の小さな頭の中には、生涯で集めた数十万冊の書籍の知識が詰め込まれていて、私は「この脳をどこかに保存できないものか」と真剣に考えていたりもした。

このまま、父の肉体がなくなれば、父の脳に刻み付けられた知識もなくなってしまう。

私が物心ついた時から、ずっと働き続けている人だった。

私が、父の遺した「こまつ座」という劇団を継ぐことになり、初めて本当の父に触れた、そう思っている。

作品というものを通し、父を理解し、そしてますます身近に感じるようになった。

「いったい、どのくらいの苦労をしたら、あなたのように、常に自分を客観視して、人に対して優しい気持ちを持つことができるのか？」

「いったい、どのくらい勉強したら、あなたのように、すべてのことに精通できるのか？」

その答えを父に求めたところで、答えはもう返ってはこない。けれども想像はできる。私は今、いつもそんなことを頭の隅っこで考える。

こんな時、父ならどうするのか？　そう問いかけながら、父の遺した作品に取り組んでいる。そして驚愕《きょうがく》する。

作品一つひとつの持つ性質、その多様さが、一人の作家が書いたものとはとても思えないのだ。その作品を前にして、親子であることから少し離れることができた。

一人の作家が生涯をかけて書いたものに、真摯に取り組む。もはやそれしかない。そう思って作品に向き合っている。


幼い時、私は父のことが大好きだった。けれどずいぶん小さい頃から、父に甘える術など知らないまま大人になった気がする。私が物心ついた時には、父はすでに売れっ子作家であったため、忙しくて書斎にこもってばかり、三姉妹の一番下の私には書斎という場所は聖域であり、入って行けるところではなかった。実際、机に向かって書いている父には、誰一人声をかけられなかった。

作家の家に育ち、一般的な親子の触れ合いは少なかったかもしれないが、父とのエピソードは意外にも多い。

ある時、自転車で崖から落ち、そのまま意識不明になった私。生死を彷徨《さまよ》い、回復しないかもしれない状態だった時、大好きなメロンを食べさせてあげようと、毎日毎日メロンを買ってきてくれたこと。その当時メロンは高級品だった。死ぬまでメロンを食べさせてあげたいと思っていたことを後で知った。

「僕は作家だから、自分の子どもが事故を起こして死んでしまっても、それをどう表現するかと常に考えている自分がいた」。晩年にそう告白して、とてもすまなそうにしていた。私が「作家ならば当然だよ」と答えた時の安堵の笑顔はなかなかいいものだった。

小さい頃の思い出は、いつも父と母、そして姉たちと一緒だった。あんなに楽しかった思い出は私の宝でもある。

私の中で一番強烈な思い出は、家族でキャンベラ大学（オーストラリア）に行った時のことである。

任期は一年だったけれども、一緒に行った母が最初にギブアップをした。

家族で何度も話し合いが持たれ、結局、母と私と二番目の姉が先に日本に戻った。

今思うと、父は母に帰ってもらいたくなかったのだろう。しかし母は言い出したらきかない人。どうしても帰るという議論を毎晩のようにしていた。

とうとう父が折れて、母の言い分を受け入れた夜、私は二人の話し声でなかなか熟睡できず、ウトウトしていたのだった。その時、私の部屋に父の気配がして、眠っている私の頭と頬を優しく撫でる手を感じた。

それから、生涯でたった一度、父が私のおでこにキスをした。私たち姉妹は皆愛されていたのだなと思う。

それが、若かった父がほんの少し別れて暮らすことになる末娘の私に、お別れをする儀式だったのだと思うと心が熱くなる。


父と私を取り囲む原風景は森である。それは私の最初の香りの記憶とつながっている。父は森、しかも深くて冷たい森、その奥に流れる水の美しい小川。夜の小川。そのようなものが、父との原風景。その森に冷たく流れるのはハーモニカの音色。その曲はビートルズ。しかもそれはポールが書くビートルズナンバーではなく、ジョンが書いたバラード。「アクロス・ザ・ユニバース」がエンドレスでハーモニカで流れている……それが私にとっての父。むせ返るような濃い緑の香り。

父と本当に血を通わせたかと問われれば、それは親子なのだから、そういう時もあったであろうと答える。

けれどもそれは数えるほど。父は私にとってはずっと冷たい森の住人で、そこで戯曲や小説を書いて暮らしていた。

その森の住人が、私に必死で教えようと、明るい日向《ひなた》に出てきてくれた時のことを、本にまとめてみたいと思った。

そして私は、父のいた深くて冷たい森の中で、ひたひたと、滾々《こんこん》と湧き出る小川の水で溜まった泉を見つめ続けて生きていくのだろう。

肉体がなくなっても遺した言葉により、泉には今日も滾々と水が溢《あふ》れている。

死にゆくものが遺した言葉は、その肉体がなくなって初めて私に語りかけてくる。

演劇という世界、芝居を作るという厳しさを父はよく知っていた。その細部にわたるまで、この世界をよく理解していた。

それゆえに、最も大切な自分の時間を割いて、私に少しでもその喜びと苦しみを伝えたいと思ってくれたのだ。いや伝えると覚悟を決めたのだろう。なぜならこいつ（私）は、芝居の怖さを何にも知らないから。

でもこいつならやってくれる。演劇の厳しい世界でも何とかやれると一縷《いちる》の望みをかけて、私に託してくれた。命を削って、毎日のように夜中に電話がかかってくる。必死で伝えてくれた。それを思うと、父がくれた電話の一つひとつが、命の会話だったと気付かされる。そこには父と娘の生ぬるい感情など一つもなかった。父は娘を必要としていたのではなく、本気で自分の作品を世に出せる人間を探していたのだ。

幼い時から、両親が芝居の世界に生きているのを身近で見ていて、芝居には人を虜《とりこ》にする何かがあると思って怖かった。

私は演劇の世界には足を踏み入れたくないと思い生きてきた。堅気の仕事に就こうと思った。まさか、親の稼業だった「劇団」を、自分が継ぐなんて思ってもみなかったのだ。

誰でも親というものを背負い、自分の中に流れる血を感じながら生きている。

いなくなった父親との対話を心の中で繰り返しながら、今日も私は父が生きていた場所で仕事を続けている。

第一章　父の最期をみとって

父から「マー君ちょっといいかな。三十分だけ。今日はどうでしたか？　疲れていないですか？」と夜中に毎晩、電話がかかるようになったのは、二〇〇九年の九月のこと。父はがんを患い、療養中だった。抗がん剤治療をしていない日の夜十一時過ぎ、スポーツニュースが終わってからかかってくる。

電話は、明け方で終わることもあれば、朝の八時、九時まで続くこともあった。三十分だけ仮眠して、出勤する日も多かった。

夜中の電話は日課になった。

ここに一枚の写真がある。顔は土気色で艶がなく、なんとなくさばさばしている気がする。二〇〇八年春頃の写真だ。

この時期から、もしかしたら、父はがんを患っていたのではないかと思えてならない。そこから新しい作品を二作書いている。

もし私が早くにこの写真の父の顔色について意見することができたなら、もっと長生きしたのではないかと後悔している。

新作の執筆中も空咳をしていた。それを指摘すると、「この歳になって、こんな不規則な生活をしていたら、誰でもこれくらいの咳は出ます」ときっぱり言われてしまった。

最後の戯曲である『組曲《くみきょく》 虐殺《ぎゃくさつ》』は私にとって忘れられない作品である。私が初めて父を物書きとして捉え、その姿に敬服した作品でもある。この原稿取りを父に指名された。だからこの戯曲ができあがるまでの間、誰よりも父のそばにいることができた。

どういう構想で、どのように戯曲を完成させていくのか。そして芝居を作る人たちのチームワークがどのようなものなのかを間近で見た。何もないところからできあがっていく全行程を見た記念の作品と言っていい。

舞台初日の四日前にやっと脱稿し、はたして稽古場にいる間に通し稽古はできるのか、皆がそれぞれの持ち場で苦しい戦いを余儀なくされた。

私は毎日、父の原稿がいつ送られてくるのかわからないので電話を抱えて眠っていた。芝居の幕が開くと、父は連日のように劇場にやってきた。休演日にまで差し入れを持ってやってくる気の入れようだった。

ある日、鎌倉の自宅へ帰る道すがら、いつも簡単に上っている坂道を上りきれず、異変を認め、病院に行くと連絡をもらった。その時、私はいつか見た父の写真を思い出して嫌な予感がしたのだった。

すぐに肺に水が溜まっているとわかった。その症状が出る病気は少ないが、肺の水を病理に出すまでは病名は確定できないと言われた。検査の結果、肺がんと診断された。「肺がんの第三ステージAで転移はないらしい。これからはこまつ座ではなくて、第三ステージでがんばります、なんちゃって」と劇団の「第三舞台」にひっかけた冗談を交えながら、直接父から肺がんと診断されたと聞いた。

私は二〇〇九年四月からこまつ座に勤務し、経理担当から始まり、夏には支配人を兼任するように言われ、新作の書き下ろしが終わり、幕が開いてやっとホッとしたばかりだった。

公演は大好評で、これからも父にはたくさんの作品を書いてほしいと思っていた。正直なところ、父にがんと言われたが、まったく実感が湧かなかった。まだまだ新作を書き上げる力があるのだから、私も父もがんと共存できると希望を持っていた。

こまつ座の仕事もかなりわかってきたが、まだ父から教えてもらわなければならない事柄はたくさんあり、父と二人三脚で進めなければならなかった。このような状況のためか、こまつ座を辞めていく人もいた。また劇団内部にも整理されていない問題が山積みだった。

父は溜まった水を抜かないと肺が水に押しつぶされて、呼吸困難で死んでしまう状態だった。かなりの量の水が溜まっていたらしく、一度にたくさんの量を抜くとショックで死んでしまう可能性もあると言われた。一回の入院で何ccと決められ、少しずつ抜いていった。

一回目の手術は、真夜中だったらしい。いきなり看護師さんたちがやってきて、麻酔もなく、肺に穴を開けられ、水を取られたと父は言っていた。

父は死ぬのが怖いので、人はいかに死んでいくのかを戯曲に書いてきた。病院嫌いだし、相当怖かっただろうと想像できる。それでも私と話す電話では、まだ冗談交じりにああされた、こうされたと話してくれていた。

父という人はよくも悪くも真面目な人だ。一所懸命「生きる」ことをまっとうする術を考えていたに違いない。

こまつ座の抱えている問題より、娘たちが引きずっている問題より、何より自分のがんという病をどうやって克服するかを真剣に考えていたのだと思う。いや、それしか考えていなかった。ほかのことを思いやる余裕が父から感じられなくなっていっている気がした。がんを宣告されることの重さを思い知った。

私の中にも、こまつ座のことで心配をかけられないという気持ちしかなくなっていった。

すでに選択肢はなく、抗がん剤による治療しかない状況で、父は真面目ゆえにその治療をきちんと受けると決めていた。

抗がん剤治療のために入院している父を訪ねた際に、「こまつ座の代表取締役社長になって、こまつ座を継いでほしい」とはっきり言われた。

父は私を徐々に関係者に紹介し、社長業を移行させようと考えていたという。本当は二年後くらいにと思っていたのだが……と言われた。

その時の私に、選択肢などなかった。病床での父からの頼まれごとをできませんと言えるほど、親不孝ではない。とにかく一刻も早く父を楽にしてあげたい、そういう思いだった。

甘いと言われたらそうだが、あの時はそんなに深いところまで考えるに至らなかった。私は経理担当なので、誰よりもこまつ座が赤字を背負った劇団だと理解していた。そんな状況でも、やっと訪れた父との蜜月を台無しにすることなどできなかった。

運命とはこうやって決まっていくのかなと思った。

私は結婚して二人の女の子に恵まれたが、やがて離婚した。一人になった私は、娘たちを育てるために必死で働いた。転職でも、娘のことでも、自分の意思で自分の行動を決めてきた。

しかしこの時ばかりは、初めて運命に身を任せてみようと思ったのだ。劇団の仕事は待ってはくれない。その時もある演目が旅公演に出ており、現場は確実に動いていた。処理しなくてはいけないことはたくさんある。眠る暇がないほど仕事をしていたのだから、ゆっくり考えている時間もなかったのだ。

このようにして、私にこまつ座は引き継がれた。

父は安堵したようだが、それによっていろいろなところで、あることないことを言われた。実際に私がやっているのは仕事だけだったが、それすら理解されず、本当につらい時期であった。

私はひたすら仕事だけをした。慣れない劇団運営で悩む時間すらないほどである。それもまた運命なのだと言い聞かせる以外、何もできなかった。

父のがんが共存できるものではなく、容態が好転しているようには思えないまま、年の暮れになった。

父の計らいでこまつ座の忘年会は鎌倉の父の家で行われた。

この頃から父は夜中に電話をくれるようになった。

当時、私は社長になったものの、経理の後任を探せずにいた。仕方なく経理も兼任していた。社長業をやりながらの経理は、想像以上に大変だった。おまけに労務まで面倒を見ているので、一日はあっという間に過ぎていく。

父からは毎晩電話がかかるので、その時は家に帰っていなくてはならない。

こまつ座の今後のこと、社長の心得、仕事の進め方、稽古場や劇場の現場のことなど話をしていると、時間はどんどん過ぎていき、毎日、長電話になってしまう。

一度だけ、私は父に言った。

「社長、こんなに長く電話で話しているのは身体にさわるので、寝たほうがいいのではないですか?」と。

私は父にプライベートな話をする時以外は社長と呼んだ。

「僕は命がけで君に伝えたいことが山ほどあるのに、どうして君は、それをきちんと受け止めてくれないのだ」と怒られた。

私はその時から、父の電話は、けっして自分から切らないと誓ったのだ。

「僕が死んだら……と言うとたいていの人は、先生、そんなこと言わないでと泣き出さんばかりだが、君は僕が死んだらと言っても、その後はどうしたらいいですか? と必死に聞いてくれる。泣くわけでもないし、取り乱すわけでもない。今そのことが、僕にとってはどれだけ楽かわからない。泣かれても、その泣いた後、励ます時間など取りたくないんでね。君にこういう話ができることで、どれだけ僕が救われているかわからないよ」と言った後、父は私にわかりやすく具体的に話してくれた。それが何より私の勉強になった。

会話の内容は時に厳しかった。演劇という世界の大変さを、身をもって知っている父は、何とか乗り切れる知恵を、自分の命と引き換えに伝えてくれる。父は新米社長を何とか一人前にしなくてはと熱心だった。今まで生きてきた体験に基づいて、学んだことや感じたことを教えてくれる。

とにかく父は私に早く教え込まなければならない。時間がない。そこに甘えなど一切入り込む余地はなく、電話が終わると私の手には血豆ができていた。一言一言、父の言葉をノートに書き留めながら話を聞いていたので、その指に血豆ができてしまったのだ。受話器を当てている左耳は真っ赤になって痛かった。毎日、緊張感の中で会話は行われた。

父亡き後、誰もが皆、手のひらを返したような態度になり、そのことで心が折れそうになっていた時に、このメモにどれだけ励まされたか計り知れない。

電話で話せない入院中には私が病室に訪ねて行った。

ゆっくり話を聞こうと思っていたが、一回の滞在時間は短かった。なぜなら「病院にくるくらいなら、稽古場へ行きなさい。幕が開いているのなら劇場へ行きなさい」と言ったからだ。

病室でも私たち親子は、相変わらず仕事の話ばかりしていたが、周りに誰もいなくなると、父はいつも私の身体と心の健康を心配してくれた。

私もその時ばかりは愚痴をこぼすのだが、そのたびに「君には本当に申し訳なかった。もう少し元気になったら、きちんとこまつ座のことを考えよう。自分が死んだらこまつ座はたたむしかないと思ってきたけれど、君がきてくれたからもう大丈夫。君がやってくれるのだから、いろいろと再検討しなくてはならない」と約束してくれた。

父はそのために苦しい治療を受けた。何としてもこまつ座の座付作家に戻らなくてはいけないと何度も自分に言い聞かせていたように感じた。

東京から離れた茅ヶ崎の病院を訪ねるのは大変だったが、父の励ましが必要な時には無理して時間を作って出かけて行った。

父は元気になったら書く演目を決めており、それをいつから書き始めると計画を立て、強い意志を持っていた。

そこまでは社長として私もがんばろうと、父の姿を見て、自らを励ましていた。ただ病室を出る時には、大きな不安に包まれて、押し潰されてしまいそうになったこともたびたびあった。「必ず元気になる」と思うのだが、その思いはとても速いスピードで打ち消されていく。


いまだにあの時のむせ返るほどに感じた匂いを思い出す。

何かが朽ちていく時の甘い香りに似た匂いは、父に死の時が近づいているように感じられた。病院はドラマのように「死の宣告」はしないらしい。少なくとも私は父の余命宣告を最後まで聞くことはなかった。

だから必ずよくなるという思いで、毎日の仕事をこなして、その合間に病室へ通った。しだいに父が眠っている日も多くなっていった。

それでもその息が止まるまで、肉親の死を簡単に想像することはできない。いつも父とは「もし僕が死んだら……」という話をしていたにもかかわらず、そんな時は訪れないような錯覚を持っていた。その時に感じた匂いである。

私はとてつもない甘い匂いが病室に充満していることに気持ち悪さを覚えた。最初に微かに感じた匂いは、とても甘く、しまいにはその匂いで苦しくて仕方なくなってしまった。ちょうどその時、病室に入ってきた看護師さんに「何か甘い匂いがするのですが、匂いますか?」と問いかけると、「そうですか?」と首を傾げられた。

この匂いは私だけが感じているのだろうか。あまりにきついので息も吸えないくらいなのに……。

父の死後、ある方にその話をすると、同じような話があると教えてくれた。「何かを成し遂げた高僧が死ぬ時には、周りにとても甘い匂いが立ち込めたという。もしかすると、お父さんは、そういう域にまで達していたのではないでしょうか」と。

あと二、三作書けたのではないか、早すぎたと多くの人に言われるが、私は幼い頃から、作家の業というものをまざまざと見てきた。

生きていれば生きているだけ、書きたいことがあり、書かなくてはいられないことが次々に出てくる。

「最後に発表した作品が、最高傑作にならなければいけないというつもりで生きてきたから、いつまで生きても同じだ」と父は言っていた。

その匂いは今もはっきりと覚えているが、それ以後はまったく出会っていない。私がその甘い匂いを感じてから数日後に、父が最期の時を迎えることになろうとは思ってもみなかった。

あの匂いは父の肉体が滅んでいく匂いのような気がしてならない。あれは父の生命の匂いだったのだ。

父は最期の時を自室のベッドで迎えた。病院から家に戻った途端に死ぬとは思ってもいなかったので、その日の午後は父のために紙おむつを買い求めて鎌倉を歩いた。夕方近くになって、もしかしたらこのままでしょうと医者に言われた時、私の頭はあることでいっぱいになった。仕事のことしか話してこなかった親子が、仕事以外で約束したことをしなくては——。それは「僕が死ぬ時は、君が足をアロママッサージしてくれ」という約束である。私が苦労の末に国際プロフェッショナル アロマセラピスト（IFPA認定）の資格を取得したことを、とても褒めてくれた父だからこその願いだった。

もう一つ、臨終にさえも立ち会うことが許されない姉たちを思った。

いろいろな理由で疎遠になっていた姉たちに、いつか父の臨終の様子を話せる機会が訪れた時、たった一人だけこの場にいることができた私が、話をしようと。だから、この時のことをすべて細かく覚えておかなくてはならないと思った。泣いている場合ではない。

私は父のそばを離れなかった。

アロマオイルはなかったけれど、父の白い肌を撫でさすった。ありがとうとごめんねを繰り返しながら。

私はけっしていい娘ではなかった。

誤解をして、一時期関係がこじれたけれど、私をこの世に誕生させてくれたことに感謝していた。そしてたくさん話をしてくれたこと、命を削ってまでも教えようとしてくれたことへの感謝を込めて、足をさすり続けた。姉たちと母の代わりに足をさすり続けた。そして、何も親孝行できなくて、ごめんねと謝り続けた。ずっと父のことが大好きだったと白状した。それなのに反抗的な態度ばかりとってごめんね、と言い続けた。

こまつ座が大変な状態の時に父の死を迎えた。私には現実とは思えなかった。えらい時に父はがんになり、えらい時に私は社長になった。十五年間、父との確執が続いて、最後の最後に和解ができた。ずいぶん反発し、憎しみ、拒絶しながらも、ずっと父を求めてきた。

私の生き方は、なかなか受け入れられず、つらいことの連続だったけれど、自分をごまかさずに生きてきてよかったと思った。「潔癖すぎる。きつい」と家族みんなに言われたが、父は、「こいつは本当のことしか言わない」と最後にはわかってくれた。

闘病の時も、臨終の時も、葬儀の時も同じ気持ちだった。参列できた唯一の娘として、姉たちに伝えられるように記憶しようと必死だった。

棺に入れたものはディケンズの『デイヴィッド・コパフィールド』、そしてガーシュウィンのCD、それに父が三十年もの間、律儀に芝居を書き続けた劇団の公演チラシが、献花の代わりに父の顔の周りに敷き詰められた。三途の川を渡るためには通行料が必要だと本で読んだことがあったのでポチ袋にお金を入れた。お金を持たずに死んでしまった人を、父はそこへ置いてはいけない人だから皆で使えるように多めに入れた。

その中にまぎれ込ませて、大好きだった家の前で撮った数少ない家族写真をこっそり入れた。

そこには屈託なく笑っている私たち三姉妹と若き日の両親の顔がある。それもまぎれもない父の生きていた証であり、私の故郷であり続ける場所でもある。記憶の中で生き続ける故郷そのものなのだ。

和田誠《わだまこと》と安野光雅《あんのみつまさ》、ペーター佐藤《さとう》の各氏が描いたたくさんのチラシが燃えて、印刷の染料が父の骨に染み込んで残った。それはとてもきれいなパステルカラーの遺骨だった。淡い、まるで虹のようなかわいらしい遺骨だった。

第二章　夜中の電話で、父が遺した言葉77

生きるということ

一　自分の潔癖さを愛しなさい。

この言葉を父に言われたのは、私が最初の結婚をし、離婚をするかしないかで悩んでいる時だった。まだ幼い二人の娘を抱えて、一人で働きながら生計を立て、育てていけるのだろうか、それとも我慢して離婚を踏みとどまるべきなのかと考えていた。

私は腹の中で舌を出しているにもかかわらず、顔は笑顔でいるなどという芸当はできない性分である。それでも受け入れるのか、迷っていた。

「あなたの潔癖さを人は欠点と言うでしょう。しかし、僕は一番の長所だと思っている。男女の仲に限らず、潔癖に生きていくことは、受け入れられず、大変でつらいけれど、長所だと信じて生きていけばいいのです。大きな声を出す人や、強い立場にいる人についていきがちだけれど、自分の頭で考えて、許せない、意見しようと思ったら、怖がらずに飛び込める潔癖さを愛しなさい」と励まされた。

確かに人に同調して、周りにかわいがられて生きていくほうが生きやすいかもしれない。しかし、私にはグレーゾーンがない。白か黒かはっきりさせたい。幅も必要だとはわかっているが、自分を晒《さら》している気がして曖昧にできない。一見、短所にも見えるが、長所でもある部分を大切にしなさい、ということなのだろう。

この背景には父と私の確執が大きく関係している。父の発言に意見する人がいない中、私はいつも怖がらず、自分を信じて意見を言ってきた。

結婚生活というのは忍耐の連続なのかと三十歳にも満たない私は戸惑った。

親の離婚を経験すると、離婚というものに免疫がつく。

ある日を境にして、夫婦は一番遠い他人になってしまうことを、身をもって知っている自分だからこそ、離婚するべきではないと思ってきた。子どもたちを同じ境遇にさせてしまうのは避けたいと母性とともに本能的に思った。

離婚した親を持つ私は、どうしたら正しい離婚の道に進むことができるか知りたかった。「正しい離婚」などないと感じながらも、何をもって判断したらいいのかわからなくなってしまった。

今は人生には白でも黒でもなく、灰色の部分も大切だと理解できるが、若かった私は灰色の部分を許さなかった。自分が潔癖であるがゆえに、夫の行為が許せなかった。

たくさんの人生の先輩から「結婚は長い目で見るべき」と助言をもらった。ごもっともなのはわかるが、自分が相手に愛想が尽きたと感じた気持ちは、どうしても心の中で消し去れなかった。

多くの親は、「子どものために別れないで何とか思いとどまりなさい」と言うだろう。しかし、父は「その潔癖さを愛してあげなさい。その潔癖さを大切にしなさい。君の潔癖さを貫いてもかまわないよ」と言ったのである。なかなか前に進めずにいた私の背中を押してくれた。

その言葉でいかに親の離婚から立ち直っていなかったかを思い知った。まだ十代だった私は親に見放されたという衝撃を受け、寂しく悲しい思いを抱えていた。当時のつらかった気持ちが湧き出てきて、そんな自分と対峙した。

離婚という選択をしてもかまわないと確信した。父の言葉が、離婚は悪いことという呪縛から私を解き放してくれたのだ。

二　人生はなるべくシンプルに生きる。複雑にしてはいけない。

複雑になっていると感じたら、どうしたらシンプルになるか考える。

少なくとも「離婚」は人生を複雑にすることの一つだろう。人は生きてきた年数分、複雑になるようである。学校を中退したり、転職したり、今まで所属したところを辞めて、違う選択をすると人間関係も環境も変わる。自分の歩む道を見失って目先のことが気になったり、横道にそれてしまったりする。そう考えてみると私の人生も相当横道を歩み、複雑にしてしまった。

朝、定時に出勤し、仕事が終われば帰宅するサラリーマンとは明らかに違う作家の家に生まれた時点で、すでに複雑の兆しがあったのだ。私が普通だと思っていることは、実は枠を少しだけはみ出していたようである。

父と母はこまつ座を旗揚げし、作家とプロデューサーとして仕事でも共に生きていた。私はまさか両親が離婚するとは思ってもいなかった。突然に訪れた親の離婚が、どんなに子どもに影響を与えるのか、休験からわかっていた。それなのに私までが離婚している。

娘たちの父方の祖父母との付き合いはどうなっていくのか。娘は父親と定期的に会うのだろうか。今後はどのように付き合っていけばいいのだろう。わからないことばかりである。

憎しみの渦中にいる時は、相手の嫌な部分しか見ていない。だから大切な娘に父親を会わせない、絶対に娘たちの顔を見せてやるものかと思っていた。娘のことを考えているようで、実際は私の感情のままに進もうとしていた。

感情が昂《たかぶ》っている間は、正しい判断ができない。したがって何も決めてはいけない時なのだ。感情が静まるまで待つしかない。その後で娘たちの未来を狭めないように道筋をつける。感情を取り除いて、シンプルにすれば、方法は自ずから見えてきた。

離婚を決めるのかどうするのか、何から取りかかればいいのか、迷路にはまっていた時に心に響いた言葉であった。

父はその後、こうも言った。「どうやら君はどんどん自分で人生を複雑にしているように見える」。

私が一時期たくさんのアルバイトやら仕事やらを抱えて忙しくしていた時、もう少し生活をシンプルにしてみたらと言われたことがあった。「人はそんなにたくさんの場所では生きられないのだよ」と。そのとおりだと思った。シンプルに生きるというと、今流行《はや》りの洋服や荷物の片づけをまずは思い描くけれど、そういった上辺だけのシンプルさではなく、人間のもっと内面の意識をシンプルにすることだ。ある程度の年齢になったら、自分の生活そのものを広げることよりも深めることを意識しないと、結局中途半端になるのではないか……。

横道にそれてみて、痛い目にあって、だからこそ父の言葉を素直に聞けた。

三　問題を悩みにすり替えない。問題は問題として解決する。

父は幼い頃、カトリック系の孤児院に入れられた。一番多感な時に、まったく別の世界に投げ込まれたことは、父の人生に大きな影響を与えたであろう。でも作家人生にとっては恩恵を受けたと言うべきかもしれない。

孤児院は親のない子が行くところだが、父の母親、つまり私の祖母はその時もちろん生きていた。夫を亡くして、幼い男の子を三人も抱えて生きていくためには、仕事を持たざるを得なかったろう。そのために身体が弱かった長男だけを手元に残し、次男だった父は孤児院に預けられた。

父の作品の多くは、聖書やギリシャ神話、奥浄瑠璃などをベースにして、時代や性別、設定を変えて書かれている。これは孤児院でお世話になった神父様の影響が大きい。

幼い頃、父に言われて私たち三姉妹も、時々教会に通わされていたし、寝る前に新約聖書を三十分だけ朗読していた。

「問題を悩みにすり替えない」という言葉は聖書の中から父が解釈して、出てきた言葉だと思う。

問題は問題として正面から受け止め、その問題が解決しないからといって、自分を卑下しない。「私は、なんて出来が悪いのだろう」とか「あの人とは相性が悪い」とか「こんな問題も解決できない自分はどう評価されるだろう」など、いつの間にか、悩みに転嫁されてしまう。そうなるともはや問題ではなくなる。なぜできなかったのか、できない理由を改善すればいいだけである。

そういう風に考えたほうが楽だし、前に進める。言い訳を見つけて自分を正当化しても、問題をそのまま放置しているにすぎない。

いろいろな角度から問題点を見るという作業が必要なのだ。

仕事上では常に問題が目の前に立ちはだかるが、解決していく糸口を見つければいい。「人はそんなに強くないから、すぐ問題を悩みにすり替えてしまうんだよ」と注意を受けた。すり替えないように意識していないとすぐに流される。流されていると思ったらもう一回問題点は何かという基本に戻ること。

この言葉は私が仕事をする上での信念となっている。

四　人間は誰でも頭の中にやっかいな不安の虫を飼っていて、

それが暴れ出して、不安を作り出す。

その虫を飼い慣らして、騒ぎを抑えること、人生はその連続。

三姉妹の一番下の私は、幼い頃から独立心が強く、負けず嫌いだった。たいていの場合、兄弟、姉妹がいると、性格もそれぞれで親とのかかわり方も違ってくる。そして顕著に父親っ子と母親っ子に分かれる。

井上家の場合、一番上の姉は中立、二番目は父親っ子、私は母親っ子であり、ずっとその図式には変化がない。三人とも親が大好きで、そして必要としていた。

私が十八歳の時に両親が離婚、しかもまもなく父も母も再婚した。思春期だった時に、受け入れたくない現実を受け入れるしかないのがつらかった。自分自身のことで目いっぱいで、父と母のそれぞれの恋愛などは十八歳の私の許容範囲を超えていた。

生活環境はがらりと変わってしまい、明るかった性格が一変して、私は内向的になった。そして一番楽しいはずの青春を楽しいと思えないまま過ごした。

何不自由なく育てられた三姉妹にとって、その基盤である家庭がなくなるのは、人生の荒波に、何の知恵も持たないまま放り出されるようなものだった。甘いかもしれないが、私も姉たちも親の離婚・再婚という波をまともに受けてしまった。両親に捨てられた、という思いもあった。それゆえに、精神の病や身体の病が襲ってきては、なかなか治らず苦しい時間が続いた。

私は自律神経失調症になり、外出が困難になった。何をしても心から楽しいとは思えない。身体中に湿疹が出て、医者に診てもらっても原因が確定されない。何とかアルバイトという義務を果たしていた時期であった。

姉たちにも試練はふりかかっていた。一番上の姉は父からの任命で二十二歳の若さで劇団の代表になった。二番目の姉は親の離婚という現実から逃げるように、若くして結婚した。それぞれに身の置きどころが見つからなかった。荒波の中で何とか身体を落ち着かせる場所を見つけなければいけない。しかも早々に。そのプレッシャーにただ耐えている状態だった。

父は新しい家庭しか見ていなかったし、母は生活に苦労していた。

父は生真面目なので、新しい家庭ができると決まった日から、私たちとは一線を引いた。この事実も私たち姉妹に大きなショックとしてのしかかった。

両親がいる家という安全な場所があって初めて、子どもは外に向かって飛び立てるものだ。

それが突然、崩れてしまった時の失望は、その後父親を強く思う気持ちと比例していたのかもしれない。

私は働くことで親の離婚と再婚を乗り越えようとした。姉たちはずいぶん長い間、その克服のために身体と心を痛めてきた。

父は晩年、姉の心の闇を知ることとなった。その時、まるで自分に諭すように姉に話しかけていた言葉がこれである。人生の先輩として、そして少しだけ、父なりの親としての懺悔《ざんげ》が込められていたのではないかと思えてならない。

五　自分という作品を作っているつもりで生きていきなさい。

幼い頃から父に言われ続けたこの言葉は、どれほど私を人生の窮地から救ってくれたかわからない。挫折が多かった私が何とか曲がらずに生きてこられたのも、この言葉があったからではないかと思う。

学校で友達関係で揉《も》めていた時、初めてアルバイトをした時、初めて海外に一人で旅立った時、ホームステイ先で孤独を感じていた時、家族が崩壊した時、初めての本格的な恋愛が終わった時、人生の節目に、自分という作品はどのような行程を経て、この形にたどり着いたのかを頭の中でイメージする。

私は高度成長期に生まれ、一番多感な時にバブルの恩恵を受けて生きてきた。厳しい就職難や殺伐とした競争社会を牛き抜いていない。

唯一、学校崩壊がささやかれる時代背景が暗い出来事だった。若者たちは「かったるい」と言い、長いスカートを穿いていた。このような時代に育った私たちの足元はすでに揺らいでいた。

この言葉は、何も若い人だけに響く言葉ではなく、むしろ四十代の今、言葉の意味を深く理解した。いくつになっても完成することがない自分という作品作りを誰もが行っている。作品が完成するのは遠い先だけれど、作っていく上で必要な過程であったと思える道を歩みたい。苦しみや喜びや悲しみは、自分にどのような影響を与えるのかは、完成に近くならないと実は何もわからない。生き抜いてみないとわからないだろう。

苦しくても投げ出さずに、できるだけいい土にしたいと思うし、描く色も多様にあったほうがいい。これからも死の時を迎えるまで、自分という作品を作っているという意識を忘れないで生きていきたい。

六　幸せの形はそれぞれ違うものであり、実はささやかなことだ。

「自分のところにはさまざまな雑誌や週刊誌などが送られてくるが、それを読んでいるとどうやら今の世の中は、お金があれば幸せ。セックスが満たされていたら幸せ。としか思っていないような特集が組まれている。どうしたらこの二つが満たされるのかというものばかり。でも自分はそうは思わない。それ以外の幸せが人には必ずあるはずだ」

と言っていた。

父にとっての幸せは作品を書くことだったと思う。資料を読み込んで、物語を構築し、一字一字書いていく。父は幸せを得るために、自分の身を削ってどれほどの時間を費やしただろうか。

作家は、内側から溢れ出てきたものを書かずにはいられない人が多い。父は書くなと言っても書いただろうし、書くことに関しては大変謙虚だった。父はメモを取る時でさえ、いくら急いでいたとしても、丁寧に書いた。どんなものも捨てず、しわを伸ばしノートに貼り付ける。一冊の大学ノートを使い終わった時には、三倍くらいの厚さになる。貼り付けられているのは、紙製のコースターであったり、割り箸が入っている袋だったりする。

何月何日、どこで、誰と食事をした時のものという記載とともに、父の日記帳に貼られた。おまけにその時に食べたものの値段までもきちんと書かれている。

私たち三姉妹は、それぞれに父が不在の時に書斎に入り、しばし物色をして遊んだものだ。父とは行楽に出かけることもなかった。父は眠る時間さえなかったのだから、子どもとの会話など言わずもがなである。

原稿が上がるとその時だけは別だった。浅草《あさくさ》で松竹《しょうちく》歌劇団を観て、映画を観る。『男はつらいよ』の寅さんをやっていれば寅さんを観たし、海外映画も観る。その後は本屋に寄って本を買い、焼き肉を食べて、母の運転する車の中で、『ひょっこりひょうたん島』の歌をカーデッキで聞きながら、もしくは樋口一葉《ひぐちいちよう》の小説の朗読を聞きながら帰る。たまにこういう素敵な日があるが、それ以外はずっと書斎にこもって書いている。

書斎は私たちにとっては聖域。簡単に入っていける場所ではなかった。だから、たまに父の留守中にドキドキしながら入って、日記を読む。もしかすると、それは我々家族のある種のスキンシップだったのかもしれない。

父はどんな時でも丁寧にメモを取った。コースターを持ち帰る父に「どうしてそんなものを取っておくの?」と聞いた。「使われているものの質や値段をつけておけば、十年後二十年後に資料となるかもしれない」と真顔で言った。

「新聞のチラシをずっと集めておけば、日本という国の形が見えてくる」と言ったこともあった。

晩年、抗がん剤治療のために入院した病院でも、ずっと同じことを続けていた。献立や薬に関してもきちんとメモを残していたのである。

「今日はまずかった」「この柔らかさは気に入った」「食べやすかった」などの感想付きである。

どんな状況であっても、作品の準備に余念がなかった。

幸せというのは満たされることではなく、過程も含めて自分が手に入れる時にすっと感じられるささやかなことなのかもしれない。父にとっての幸せは、寝ないで取り組んだ作品がやっと書き上がった夜中、一人で味わう煙草一本だったのではないだろうか。

七　大変な世の中だからこそ、目標を立てなさい。

「今の若い人はかわいそうだ。昔は一所懸命に働けば自分の家を持つこともできた。けれど今は働いても家を持てるかどうかさえわからない。豊かになった分、若い人には選択肢がたくさんできてしまった。『それでいいんだよ』と言えばなんでもいいということになってしまった」

父と母が若い時、いつか自分の家を持ちたいと思ったそうだ。

あるデートの帰り、大きな家の前に二人で立ち、「こんな大きな家を建てるなんて、きっと悪いことをしたに違いない」と二人で本気で思ったと笑いながら話してくれた。眠る時間を割いて仕事をし、父はついに自分の家を手に入れた。そういう社会共通の目標がまだあった時代だった。

私がシングルマザーになった後、数々の職に就きながらマッチ箱のような小さな家を建てた時、誰よりも喜んでくれたのは父である。手が届かないと思っていたマイホームを持てたので、誰より私が嬉しかったが、父にとっても相当嬉しいことだったのかもしれない。自分の境遇を悲観せず、どうしたら両親揃った家族と同じことができるかを問いかけながら進んだ道だった。

「シングルだから家が建てられない」「母子家庭だから犬が飼えない」など自分でできないと決めてかかるとたいていはそのとおりになってしまう。言い訳をしているより、「本当にできないだろうか?」と問いかけて生きてきた。

父に「今度、我が家に遊びにきて」と私が誘った時に言った言葉である。

「君は偉いなあ。親が本当に嬉しいのは、子どもが家を建てて、その家に招待された時だ」とわざわざ時間を作って遊びにきてくれた。

小さな家の中に入り、一番太い柱を手でとんとんとたたいて、「なかなかいい柱だ」とほほ笑んでいた。

「時々ここへ寄って、美味しいコーヒーと煙草を一服吸わせてもらおう。悪いけれどコーヒーと灰皿を買っておいてくれ」と封筒に入ったものを渡してくれた。いくら上等のコーヒーを買っても有り余るお金だった。その日はインスタントコーヒーしかなく、それを飲み、煙草を一服つけた。その煙草の吸殻を私はまだ捨てられずにいる。

そして、ゆっくりと歩いて駅のほうへ消えていった。この後すぐに父はがんになってしまい、二度と我が家へ遊びにくることはなかった。

八　背筋がまっすぐな女性になってほしい。コスモスの花のように風に揺れているけれど、根はしっかりしているような女性に。

高校の時、髪の一部にメッシュを入れる髪型が流行っていた。制服もなかったので、さっそくこの髪型に挑戦した。

それ以外はとくに容姿や格好に興味を示すことがなかった父が、その髪型を見て、あまりにも嘆くので悲しくなった。

その後、留学という希望を叶えるために、アルバイトに明け暮れ、髪の色が特殊だと雇ってもらえないので、流行りの髪型を変えてしまった。

黒い髪を見て、父は満足そうだった。

父と女性についての話をする機会はなかったが、最晩年、夜中にかかってきた電話で、どういう女性が好ましいのかについて話すこともあった。

私はこまつ座に入り、経理を経て、支配人となり、社長になった。その人事はすべて父が決めた。社長にしたのはいいが、この娘を何とか一人前にしなくてはならない。父は、まず外見を何とかしないとダメだと思ったようである。帝国《ていこく》ホテルの谷《たに》シャツ商会に連れていかれてイニシャル入りシャツを三枚作ってもらった。きれいな青、ベージュと白のストライプ、そして淡いピンクである。

それから連れていかれたのは、行きつけの眼鏡屋。眼鏡を二つ作ってもらった。父が大切にしていた書類が入るサイズの黒い鞄ももらった。

いくつか具体的な注意をしてくれた。

「これから立食パーティなどに行く機会もあるでしょう。そういう場所で食べ物を食べないこと。どんなにお腹がすいていてもダメだ」

「どんな場所に行っても背筋を伸ばしていること。目立たない、けれど背筋は伸ばす」

「女の人が仕事でがんばればがんばるほど痛々しく見えることがある。美しいとは言えませんね。コスモスの花のように風にフラフラ靡《なび》いて見えるのに、根はしっかりして強い。自分が人にどう見られるのかは自分の努力次第。がんばりすぎていると感じたら、コスモスの花になったつもりでイメージしてみてごらん。その時、背筋をまっすぐにしないとただフラフラしている人になってしまうから気をつけて」

男性ばかりを意識して、がんばりすぎず、女性らしさを大事にしたい。

九　何かにとりかかる前に脳みそがおかしくなるくらい考える。

考えて考えて、これ以上は考えられないと思って進み出したらもう考えない。

人は動き出してから物事を考えると、途中から何かと問題が出てしまい、そこで悩んだり、戸惑ったりする場合がある。

動き出す前に十分に考え、何が大事か芯の部分をはっきりさせれば、その先にトラブルが発生したとしても、ぶれることなく問題を解決できるだろう。問題も一つひとつ解きほぐしていけば、解決方法もわかってくるはずだ。

父ががんだとわかり、決まっていた仕事をすべて整理して、「オキナワとナガサキの物語を優先して執筆する。それをきちんと関係者に伝えてほしい。反発を受けることもあるだろうが頼む」と告げられた。

はたして納得してくれるだろうか、スムーズに話は進むだろうか、と泣き言を言った私に、父はスパッと言った。

この結論を出すまでに、父と私はどれだけ長時間、話を積み重ねてきただろう。あれだけ悩んで考えた結論だから、愛情と確信を持とうと私も覚悟を決めた。

だから、後は問題だけを解決していけばいいのだ。やることが決まれば、進むだけである。その覚悟が甘いと結果的に後戻りすることになる。

「割と逆の人が多いんだよ。進み出してから考えるという人がね。脳みそがおかしくなるくらい考えるということが世の中ではないのだな。とりあえず自分の評価ではなく、他人が評価したほうへ歩み出してしまう」。君だけはそのようなことがないようにと厳しく言われ、それはまさに私のことだと反省もした。心が先に動く人、身体が先に動く人、そのどちらでもいいから頭でしっかり考えなさいということなのだろう。

一〇　何かに進んでいく時は、立ち止まったらうまくいかない。
　　だからリーダーは立ち止まってはいけない。

オキナワとナガサキを書くと決めてから、父はそのことだけに集中していた。気持ちとは反対に、抗がん剤治療が思いのほかつらかったようだ。

正常な細胞で身体が構成されていたから、具合が悪いと感じることもなく、臓器がどこにあるかも自覚せず、快適に生活していた。ところが、がんだとわかり、抗がん剤を使い始めると、内臓をひっくり返して完全に裏返しにしたような激痛を伴う気持ち悪さの中、吐き気が襲ってくると言っていた。健康な人には理解しがたい不快感と苦痛だったようである。

また、「がんはなかなかしぶとい侮れない病気だよ」と言った。そのような状態でも、すぐにこまつ座の未来の話になり、「電話で君と話していると、こまつ座のことだけに集中しているので、楽だし楽しい」と泣き言は続かず、なかなか電話を切ってはくれなかった。

その頃、私は慣れない制作の仕事と経理の二本立てで一日二時間以上眠る日がなかった。朝、会社に出勤し、最優先のことを処理して、稽古場へ行く。本番中ならば劇場に行く。その後こまつ座に戻って経理の仕事をすると、会社を出るのは午後十時過ぎ。急いで家に戻り、父からの電話を待つ。たいていはスポーツニュースが終わる十一時頃にかかってくる。

父との電話はその後、明け方まで続いた。長い時は娘が学校へ行く時間まで続く。最初は「マー君、ちょっと三十分いいかな」とかかってくる。しかし何時間も延長される。父の体調が心配なので、一度、「もう切りますか?」と言ったら、「余計な心配は無用。君に話したいことがたくさんある」と言うので切ることができなかった。

体調はおかまいなしに、私に教えなくてはならないという思いが強かったのだろう。命を削ってかけ続けた電話を、私から切ることなどできなかった。私も命がけでそれを受け止めなくてはと覚悟した。

父の病は、劇団にも大きな影響を与えた。右往左往する私に父はひたすら突き進めと言い放った。

「どんなに大切な友であろうと肉親であろうと、誰が何を言おうと、君は今こまつ座のことだけを見て生きてください。その覚悟を持ってください。君が立ち止まったらうまくはいきません。今こまつ座はまさに雪山に放置された状態です。君は隊長なのだから、隊員から不平不満が出たとしても、皆の命を守るために歩き続けるしかないのです」

今でも劇団は邪魔をされたり誤解を受けたりすることがある。しかし、いつもこの言葉が私を突き動かしている。

一一　自律しないと本当に人なんて助けられない。まず自律すること。

「じりつ」という言葉を父が書く時は、よく自分を律するという「律」の文字を使った。そこに父の強い思いが込められている。読んで字のごとく、自分を律することが自分で立つ「自立」より、より深い意味を持っていたのだ。自分で立つのは当たり前、自分を律するところまで成長することが大切だという意味だろう。

父の自律の定義としては、経済的に自立することを意味していたと思う。

しかし、井上家の場合、経済的に自立できるような子に育てていないのだから、ジレンマがあったことだろう。

私の時代は偏差値教育まっただ中だった。私が初めて正社員として勤めた会社はスポーツ新聞社で、入社時には胸に出身校と名前を記した名札をつけて新入社員研修を受ける。出身校の記載があることにびっくりした。

私は当時文部省から認定も受けていない文化学院の出身であり、その途中でフランスに留学してしまったから、出身校と言うべきところがない。同期入社の人たちは、先輩たちから「おい○○！」と学校名で呼ばれていた。社会に出てこんなに大学名に意味があるのかと驚くばかりだった。

だが、働くことは人一倍好きだった。何より仕事に就けるのは、とてもありがたかった。それがどんな仕事であっても、誰にも頼らないで生きていける喜びに満足だった。

私がこまつ座に入社した時、人を助けるためにはまず自分が自律して、強い自分になることを念頭に置いた。大切な人が困った時に頭を悩ませるだけでなく、実際に助けることができるからだ。自分自身ですら「立ち」「律する」ことができない人には、本当の意味では人を助けるなどできないであろう。

一二　いつもなぜ？　そう問い続けていること。

自分になぜと問い続けるのはエネルギーが必要だ。疑問など持たないほうが楽である。現代はゆっくり考えている時間がなく、そこに疑問を持つと心を病んだりするのでやっかいだ。とにかく世の中全体に余裕がない。

そのような中でも、あえてなぜと問いかけなさい。問い続けていると問題提起や解決方法の見つけ方などの力がついてきて、いつか自分や会社、ひいては国の力になるはずだと言っていた。

なぜと問い続けていれば、たくさんの知識と知恵が積み重なっていくはずである。なぜと疑問を持たなくなったらそこで成長がストップしてしまうから。「新しい仕事を始めた時、これはこういうものです、と教えてもらったら、なぜそういうものなのかを理解しないままに続けてはいけないよ」と言われたことがある。

納得した上で会得《えとく》せよということだろう。「だけど、なぜと問い続けていると、この国の場合はなぜだらけになってしまうから問題だ」とも言った。父は人生の中にある「なぜ?」と思うことすべてに自分の答えを出し、それを戯曲にしたのではないかとそう思えてならない。なぜ?　と問いかけることは、父自身の創作の源泉でもあったのではと思う。

一三　むずかしいことをやさしく、やさしいことをふかく、ふかいことをゆかいに、ゆかいなことをまじめに書くこと。

幼い頃、父の書斎の机の前には紐が吊ってあり、その紐に目玉クリップでいろいろなメモが吊るしてあった。その時に必要なものがその紐にはくっつけてあり、どれも目玉クリップで留められていた。そこへ行けば、父が今興味を持っているものが見えてきたから、よくこの紐を眺めて遊んだものだった。

その紐の真ん中に「ゆれる自戒」がいつも飾ってあった。ほかの紙は変わっても、これはずっと定位置に居続けた。

自分の書いたものが、この自戒をきちんと網羅しているのかを常に考えて原稿を書いていたのだと思う。

最後まで自分に課した創作への基本姿勢を記したのがこの言葉である。実はこの文章にはその後がある。

「まじめなことをだらしなく、だらしないことをまっすぐに、まっすぐなことをひかえめに、ひかえめなことをわくわくと、わくわくすることをさりげなく、さりげないことをはっきりと」と続いているのだ。常に裏と表があり、その両方を網羅してものを見ていたのだろうか。

父は芸術というはっきりした言葉を頻繁に使う人ではなかった。

しいて言えば、見えていながら見えていないもの。また見ようとしないと見えないものをはっきり見えるものにする、聞こえるものにすること。すべての芸術は生活に根付いた延長線上にあるもの。何も特別なことではなく、普通の人が普通の暮らしの中で得られるものであるべきだと思っていたようだ。

一四　「何をするべきか」三十代の君にわかるわけがない。
自分も六十歳を過ぎてやっとなぜ物書きになったかわかったのだから。

私は仕事を転々としたが、自分が何をしたいかなどと考えたことはなかった。私の仕事は母親として娘たちを育てることだった。それは私にしかできない仕事だ。代わりはいない。

それゆえに娘の未来が拡がるようにするという価値観だけで、仕事はお金を稼げればなんでもいいと思っていた。仕事に「生きがい」など求めたことがなかった。だから条件がいいと転職した。この点では一度も悩んでいない。

友達からも、「しばらく会わないと状況が変わっている」とか、「なぜ楽でいい仕事を辞めたの?」と言われたものだ。

父にある日、「君はなぜそんなに職を変わるの?」と聞かれた。当然お叱りの言葉があると思っていたところ、この言葉を言われたのだ。

ちょうどその頃、父は『父《ちち》と暮《くら》せば』という戯曲を書いていた。原爆投下から三年後のヒロシマを舞台にした父と娘の物語である。戦争を体験した時代を生きた作家として、書かなくてはいけないと思って書いた作品だった。これを書いて、父は初めて作家になった意味を知ったと言った。

何十年も書き続けてきたのに、六十歳を過ぎてわかるのかと正直びっくりしたのを覚えている。

自分が本当に作家として書かなくてはいけないものが出てきたという意味であるとも言える。この頃、父は、自分の一生のテーマに巡り合ったのではないか。それが見えてきた時に初めて、若い時の仕事の意味がわかるのではないかと思う。

一五　言葉はお金と同じ。一度出したら元に戻せない。だから慎重によく考えてから使うこと。

言葉もお金もそのものには何の善も悪もないのだが、使い方を間違えると人の命にかかわることだから気をつけるように。とくに言葉は相手を一生、傷つける場合もある。「今の言葉は取り消します」と言って戻すことはできない。たった一言で、その人の裏側まで見えてしまう瞬間がある。言葉を発した人は自分が言ったことに気付かないことも多い。それが怖いのだと父は言った。

お金も同じだ。父がまだ若い頃、知り合いにお会計の時にだけいなくなる人がいたそうだ。その人に、お金がないことが嫌だったのではなく、その行為をされたために楽しかった時間が台無しになることが悲しかったのだと。

以前、私が恋愛で悩んでいる時、父は私が悩んでいる恋の相手にとって、一番大切なものは何かと聞いた。

例えば大変忙しい人だったら、その人にとっては時間が一番大切だ。もし時間はあっても貧しかったら、お金が一番大切だ。その大事なものは人によってそれぞれ違う。お金持ちがいくらいいものを買ってくれても、それはお金があれば誰でもできること。自分を大切にしているとは言えない。その人が一番大切にしているものを自分に割いてくれているのかを考えてごらんと。

言葉の魔術師と思われていた父だが、それと同時に態度が伴わない言葉の空虚さをよくわかっている人でもあった。

これは我が家の家訓みたいなものだ。お金も言葉も使い方によってその人のすべてが見えてしまうよと言いたいのかもしれない。

一六　食べることと出すことが生きるための基本。

病院食のグラタンをスプーンでゆっくり食べている光景が、私にとっては父が食事している最後の姿である。

その時父は、抗がん剤治療の四クール目を耐え抜いた。なかなか四クール受ける人はいないと聞いて、その我慢強さに驚かされた。嚥下《えんげ》することが難しくなっていたためか、「今日のグラタンはとても食べやすくて美味しかった」と病院で笑顔を見せてくれた。だが、ふと後ろ向きになった背中を見て、弱く小さくなったなと感じた。いまだに、グラタンを見るとあの日の父の後ろ姿が思い出されてスプーンを置いてしまう。

「そんなに苦労して食べなくても、今はチューブで栄養だって取れるのだから、そうしてもらえば？」と病室でそう言ったことがある。なぜ私がそう言ったのか、あまりに食事がつらそうに見えたからだった。食べないと体力が出ないとばかりにがんばっていた父が痛々しかったからだ。

その時父は半ば怒りながらこう言った。

「自分の口から食べて、そしてお尻から出す。これに尽きるのです。安易にチューブなどと言わないでいただきたい」

食べることと出すことは生きることの基本。思えば、父がまだ食欲があった頃、『鮒《ふな》佐《さ》』の佃煮が食べたいと言われて、柳橋《やなぎばし》のこまつ座の近くにある『鮒佐』へ行ったことを思い出す。

幼い頃、たまに出かける焼肉屋で、脂身の大嫌いな私のためにいつも特上のヒレ肉を注文して焼いてくれたこと、帝国ホテルの一ドル銀貨パンケーキとメロンジュース、なか田のまぐろ丼、お土産で買ってきてくれたネコの舌チョコレート、孫たちと市川《いちかわ》の料亭へ繰り出した時の楽しかった食事の時間。市川の蕎麦《そば》屋に二人でぶらっと入った土曜日の昼さがりのこと、なんと言っても父とご飯を食べた記憶は楽しいことばかりだった。今でも父の律儀な食べ方と「ここの蕎麦は本当に美味しいんですよ」と言ったあの声を思い出す。

一七　自分を大切にすることは、人を大切にすることと同じ。

今、私の手元には、私がこまつ座にきてから、父と交わした会話のメモ書きが残っている。すぐにいっぱいになってしまう電話機の録音にもいまだに父の声が入ったままで消していない。「マー君、とくに用事はないのですが、五分だけ声を聞こうと思ってかけてみました」とか、「マー君、お仕事ご苦労様です。ちょっとだけ連絡してみました」など、我が家の留守電の録音は父の声でいっぱいになったまま何年もの時が流れた。何かに移そうとするのだが、その過程でもう聞くことができない声を間違って消してしまうのではないかと怖くてそのままにしている。父がこんな風に連絡をして、一言でも私の声を聞きたがったのは、教えたいことが多々あったからだと思う。ただ、父は電話という行為で私の健康を観察し、一言で励ますという目的もあったように思えてならない。

私が投げやりになってしまえば、私はもちろんのことこまつ座も傷つけることになる。それを心配してくれたのではないか。私たちは皆、誰かにとってはかけがえのない存在。自分を大切にするということは、そういう大切な人も間接的に大切にしているということ。

自分を大切にしない人は、所詮人も大切にはできないという意味であると思っている。

人を大切にしない人は、結局自分も大切にしていないということにもなる。

一八　決定的なことは最後まで口から出さない。

夫婦の場合、「別れる」「別れない」という言葉が喧嘩《けんか》の中に頻繁に出てきてしまうと、喧嘩のたびにそこまで話がこじれないと終わらなくなる。

会社も一度「辞める」と口に出すと、問題が勃発するたびに、辞めるというラインまで行く。

時に感情的になる私は、この父の言葉を反芻《はんすう》することで、難を逃れてきたとも言える。私は決定的な内容を感情に任せて口に出すことは絶対にすまいと誓った。それでも決定的なことを言ってしまいそうな時があり、この言葉を思い出して、少し時間を置くように努める。

なるべく一日放置する。放置する間にうまいこと気持ちの整理がついたり、解決してしまう場合もある。今言わなくてはいけない言葉は前向きな言葉のみ。

後ろ向きな言葉を言う時は、一日置いてみる。

仕事でも恋愛でも家族でも、決定的なことは最後まで口から出さない。口に出したほうが必ず痛い目にあう。決定的なことを言われても、その挑発には乗らず、必死で一日置いてみること。一日でもしっくりこなかったら、いっそ二日置いてみる。それでも答えが変わらないと思った時初めて、口にすればいいことはたくさんある。

一九　悪いことばかり考えて進むと、必ずそちらに傾いてしまう。絶対に成功すると信じること。

言霊というような言い方こそしなかったけれど、父の言い回しには、言葉の力というものへの自信が確実にあったと思う。

絶対に成功するという強い心を持つことは、逃げ道を作らないで進む覚悟にも通じる。

臆病な人は心配し、最悪の事態を想定することで、万が一の場合の予行演習をしている。だから、ショックを和らげようとネガティブな言い回しをする場合が多い。

自分で自分を励ます。自分の人生だから自分で何とかする。それは実現のためのレッスンだと今は理解している。

何とかなる、何があっても命までは取られない。それに悪いことを考えていると身体に支障をきたす。父は若い頃国立の結核療養所で働いていた。その時、人は希望があれば生きていけるのだと理屈でなく思ったそうだ。

まずは自分の気持ちに負けない。必ず道は開けると思った時から、自分の道の前にやっと微かな灯りを見つける目を持つのかもしれない。

こまつ座のことで何かに躓《つまず》くたびに、「悪いことばかり考えるとそちらに傾くよ」と叱咤激励された。その時は「人の気も知らないで」と思ったけれど、今はそう信じて進んでいる。そのことに感謝している。そして自分を卑下してみせることは、「卑下慢」と言って逆に自慢に取られかねないのだから気をつけなさいとも言われた。

二〇　逃げ道は作らない。

少しでも逃げ道があると、苦しければ楽になりたくてそこに向かってしまう。我慢が美徳、努力が素晴らしいと思われるような時代ではない今は、いとも簡単に逃げ道を作ることができる。

最大限に自分の力を集中させるために、逃げ道は作らない。

この言葉に関して、劇団を引き継ぐ時に念押しして言われた。逃げ道は作るな、作ったらけっして成し遂げられない。この世界の厳しさを知っているからこそ、父は何度も繰り返していた。何かをする時に、困難にぶつかってしまったら、その困難を解決するための方法を考える、一歩前に進むことに集中してみる。そうやって仕事をしてほしいと。

「ただね、ごくまれに逃げたほうがいい時もある。それは命にかかわることだけだ」と言った。

逃げ道を作らずに進めば、進んだ人にしか与えられないことがあるのではないか。ただそれはがんばって山に登って、頂上で見下ろすのに似ていて、進んだ人にしか感じられないのではないか。逃げ道を作らず、道をまっすぐに進んだ時にしか見ることができない何かがあると信じて進むと、不思議とほかのことは気にならなくなる。

誰が何かを言ったとか（それはたまに意地悪なことを含むが）誰かが横道にそれただとか聞いたところで、何も影響されない。自分はもう前に進むと決めたのだから、人に何かされたくらいでは何とも思わなくなるものだ。そこまで行った時には人はもう何も言わなくなる。「あの人はわき目も振らずに、前しか見ていないのだ」と思われた時初めて、やっと仕事が回り始めるのではないかと思っている。

二一　生きていくために必要なのはバランス。バランスがいい人になるように心がける。

私は大変真面目で遊びがなく、趣味もなく、仕事ばかりしてきたのでバランスは悪いと自覚していた。こまつ座に入るために取得した簿記の資格の勉強が意外にすんなりと自分の頭に入ってきたのには理由がある。簿記はすべてがバランスシートで右と左は必ず同じになるというシンプルさが美しく思えたから。

秩序のない家庭で育ったせいか、このバランスシートは何より頼りになる。数字だけは嘘をつかない。お芝居もバランスだ。舞台上ではある種の力学が発生している。

そんなことを電話で言ったら「なるほど、つまり君は舞台上もまるでバランスシートのように計算されているのだと言いたいのかな」と面白い題材をもらったとばかりにバランスの話になったのである。

「ただし、君はあんまりバランス感覚がよくなりすぎてもいけないね。もっと尖って鋭くなっていいのではないか」と言うのである。答えに困った記憶がある。

真のバランス感覚のよさというのは、その両極をきちんと体験したかどうかだと父が付け加えた。屋台の味も楽しめ、一流の料亭での味も楽しめる。どちらも体験したことがないくせにどちらかを批判するのは、父の中ではバランスが悪いということになるのだろう。

父がよくオーダーメイドで着ていた谷シャツの上に、その辺で売っている大量生産のダウンベストを着ているのを見た時、なるほど、こういうことを言うのかと合点《がてん》がいった。

二三　おしゃべりな人間には気をつけろ。

おしゃべりな人間は、自分で自分の首を絞めることになる。

父は自分が多弁なせいか、とくに制作者はおしゃべりであってほしくないと望んでいたようである。

とくに芝居の制作は、公演を成功させるために、プランナーや役者、スタッフたちそれぞれに、気持ちよく働いてもらうお膳立てをする。言ってみれば陰のお母さんみたいな役目をする。また、厳しくお金を計算することを同時にこなさなくてはならない。

今さらながら、芝居は一人では作れない、と父が言っていたのを思い出し、父の芝居の制作をしてくれた人たちのことを思い出している。どの制作者も皆、おしなべて口が重いのはなぜだろう。かといって暗いわけではない。余計なことを言わず、黙々と仕事をしている。どの仕事でもおしゃべりは楽しいけれど、信頼する人は皆そんなに口がうまくない人が多い。父の歴代の担当編集者もそうだった。

母の運転する車の営業マンも何時に電話をかけても二回のコールで必ず電話に出るような人だった。

信頼関係とおしゃべりは必ずしも比例しない。だから少し考えてからしゃべりなさいと厳しくそう言われた。

二三　社会性というのは、特別なことではなく、自分が持っている荷物や傘が後ろの人に当たっていないかどうか、気遣って道を歩けるかどうかである。

私は父の原稿の合間にキャッチボールをするために、野球少女になった。父に教わって、スコアブックをつけて、小学校の時は野球一色の女の子だったので、幼い頃は甲子園や後楽園へ朝から父と出かけた。

父と電車に乗って出かけた時のことを昨日のことのように私は覚えている。

市川から後楽園までは総武線で一本。父は女の人のように足を揃えて座っていた。「どうしてパパはそんなに小さくなって電車に乗るの？」と質問すると、人の迷惑にならないようにするためだと答えた。自分ができることは何かを考える。それが社会性だと教えられた。

電車の中で長い傘を横に持ち、出入り口に突っ立ったままでいる人を見ると、社会性がないと思ってしまう。

トイレから出る時も、外に人がいないか注意してドアを開ける。こういう細かな積み重ねが、社会では大切だ。玄関の靴は揃えて脱ぎなさい、次に玄関から入ってきた人が靴をきちんと脱げるように、一事が万事、次の人のことを考えて行動しなさい。次の人がやってきた時にその人が嫌な思いをしないかと考えることが社会性なのだからと。

二四　一番大事なのは、想像力。相手の立場になって考える癖を徹底的に身につけること。

「相手の立場になって考える。これはそんなに簡単なことではないよ」とよく言われた。想像力は何も創作活動だけに必要な能力でなく、誰でも生きるために必要だ。最近では、父が生きていたらこの問題をどう考えるだろうと立ち止まってみることが多い。

相手の立場になって考えるための情報が必要となり、勝手な思い込みが邪魔をし、迷惑になってしまう場合も生じる。

作品を書くために膨大な資料を調べたのは、想像力を掻きたてる下準備である。調べて初めて想像することが容易になる。

小説は自分が体験しなくても、疑似体験することで自分が歩めなかった人生を主人公に乗り移って経験し、感じる。だから、人生の答えが欲しい時に読書に没頭したのだろう。

私も本を読み、そこから教えられたり、気付かされたりして、ずいぶん助けられた。生きていくための答えが本の中に用意されている。想像力というのは限りなく社会性に通じているものだとも思う。次の人のために何ができるかを考えることが社会性だとしたら、そこからさらに必要なのが、想像力なのだ。この地球を次の世代の人に受け渡す時、どんな地球を手渡してあげたいのか、それが想像力なのだと思う。

例えば人生に絶望した人が、こまつ座の芝居を観て元気をもらい、明日を前向きに生きていけるかもしれない。そういうことだと思う。最近はあまりにも再生を感じさせないドラマや戯曲や映画が多く、父は若い年代の人のことを常に心配していた。大切なのは想像力と企画力、何よりも前向きな熱い心だと言いたかったのだろう。

二五　二十歳までに、世界の名作をしっかり読んでおくこと。

家の中には本が溢れていて、それが当たり前の中で育った幼少時代。本には力があると思っていた。本の中に詰め込まれた知恵は、そのまま幼い私たちの血や肉になるのだと信じていた節がある。

そらんじるぐらいに読み込み、その主人公の人生を自分も疑似体験することで、まだまだ経験不足な幼い私たちに何とか力をつけさせようと思ったのかもしれない。それが父の唯一の子どもへの教育だったとも思われる。

夏休み、家の中の本を数えてみた。書棚の本をすべて読むためには、一日どれくらいのペースなのかを計算したかったのだ。なんと三十冊のペースでも間に合いそうにない。諦めて一日に一冊を読もうと試みたが、一週間で断念してしまった。

私は中学生の頃からフランス映画やフランスの小説にのめり込んだ。『星の王子さま』のフランス語版を父が買ってくれた。フランスに留学したいと思っていたのだが、これを読めて理解しないうちは行っても意味がないと思ったようだ。何度か父の前で朗読させられた。プレゼントされた時、冒頭の部分だけ父がフランス語で読んでくれた。

子ども部屋に続く廊下の横には大きな本棚がとりつけられていた。そこは私たち子どもの本棚で、絵本、詩集、童話が揃っていた。勉強しなさいとか本を読みなさいと、とくに言われなくても、身体全体でそれを伝えていた親だったと思う。私にとって本はかけがえのない家族、友達でもあった。

二六　日本語の基本をきちんと身につけておけば、
どんな若者言葉にも対応できるし、若者の言葉を怖がることはない。

ある日、電話で話している最中に突然話を止められた。私の話す言葉にカタカナ語が多いというのだ。

何となく使っている「ツール」とか「ニーズ」といった言葉を指摘したいのだとすぐに想像がついた。

「ツールってなんですか？」とツッコミを入れられた。

「道具？　ですか？」と自信なさげに言うと、それがますます父の何かに触れた。

「ツールという言葉を使いたいならば、ツールは日本語では何というのか、きちんと理解してから使うように」とお叱りを受けた。

たわいない会話で軽い話し方をすると「そういう言い方をしたら、人生を棒に振るようなものだよ、君」と何度叱られたことか。

言葉は自分が身につけられるものの中で最も重要なもの。たった一つの言葉を言ったばかりに、その人の心の裏側まで見えてしまうこともある。言葉は世の中を写し取るものだから、言葉が乱れているということは世の中が乱れているということだと。

ある時、私たちの姉妹喧嘩をたまたま聞いていた父が、言葉の汚さに愕然として、部屋に飛び込んできた。言葉の重要性を教えられた。

私が姉に「バカ、デブ」と言ったことに対し、「日本語ではバカという一言にもあらゆる言い換えがあるのだぞ」と。そのご意見はもっともなのだが、それ以来私の頭の中で、あの時の父の小さな講義のような時間が浮かび上がってくる。父を失望させたくなくて、なるべく姉とは大きな声で喧嘩をしないでいたいと思った出来事だ。

二七　笑いというのは財産である。

父は黄表紙という江戸後期の大人のための絵本との出会いから、笑いを改めて重視した。黄表紙を読んで、生きる力が湧いてきたとエッセイにも書いている。笑いは人間が作るしかないものだとも言った。人を悲しませるのは簡単だけれど、笑わせるのは難しい。だから笑いは、父の中で別格だったのだ。「人間が絶体絶命の中でも、手にできる『希望』のかけらであり、笑うことで、いい方向へ気持ちが向かうこともある」。

孫を集めての食事会の時、私の娘が血液型の話をした際のこと、「おじいちゃんは何型？」と父に聞いた。父はしばらく考えた後に、「おじいちゃんはP型！」と元気よく言った。P型と言われた娘は、一瞬考えて困惑していた。しかしそれを見たほかの孫たちが一斉に笑い出し、場が一気に明るくなった。娘は今でもその時のことを振り返り、時々思い出し笑いをしている。

父が遺した笑いが、まだあちこちに溢れていると嬉しく思う。劇場でお客様は父の笑いを求めていると実感する。昔まだ世の中の大半の人が命と引き換えに働いていた時代の話、笑いとは大きな次の日を生きる糧だったという。

「こまつ座の芝居にいらっしゃる人は気持ちよく笑ったり、泣いたりしたいのだ。その欲求を中途半端にしてしまうとお客様が気持ちよく帰れないのだよ」と常に心配し、「どうしたらお客様を快く裏切ることができるか、常にお客様は心地よく裏切られたいのだよ」ということを考えて戯曲を書いていたのだなと思うと頭が下がる。

二八　人の心は生もの。けっして便利ではない。生というのは自然そのものだから、どんどん形を変える。

「君、君の顔も日々変わっているのだよ」。久しぶりに訪ねた私に父はそう言った。「けっしてのけぞるような美人ではないが、なかなかいい顔になってきたんじゃないか」と褒められた。

私自身、父とはずいぶん長い間、うまく気持ちがかみ合わなかった。このまま関係は固まって、大事なことを話し合わず、それぞれの時を重ねていくのだと諦めていた。ただ、心のどこかにわだかまりはあった。人の関係は形を変える。基本にある愛情は変わらなくても、常に変化しているものだと皆がわかっている。この変化そのものが人間の心が生ものであることを証明しているだろう。

生ものだから、発酵して時に予想すらしなかった形になることもある。そのために関係がうまくいかなくなり自暴自棄になってはうまくいかない。

私の場合は仕事を通して父との関係もうまくいった。社会に出て、試行錯誤し、つらい思いもしながら私は大きく成長した。人の中で揉まれて失敗して恥をかいて、そして落ち込んで、時にはとてもいいことがあって変わっていった。その繰り返しが人の営みである。

体験はすべて自分の力になる。そう信じて生きてきた。そして私たち親子の関係も大きく形を変えたのだ。形が同じものなど何もない。人間ですら同じように見えても刻一刻と姿を変えている。形が変わることを怖がらない。ある時からそう思うようになった。

いいように形を変えるためには、日々自分に嘘をつかず、心身ともに健康でいなくてはならない。それでないといい形に変化することはないのだから不思議だ。

二九　子育ては大変だ。生身の人間が生身の人間を育てるのだから。

私が親に言われて傷ついた言葉は「子育てに失敗した」だった。まだ十代だったこともあり、それは子どもを否定すると激しく親に反抗した。今でも子どもの存在を否定する言葉だと思っている。

そう私が責めた時、父は「君たちを否定しているのではなく、当たり前のことをきちんと教えなかったのを悔やんでいるという意味で、自分に対する反省を言っているものだ」と説明をされた。

そう言われてからも立ち直れないままに、二十代を過ごしてきた。幸い私自身が二十代で母親になり、父が言わんとしていたことを理解できるようになった。しかし、言葉とはどれほど心に痛手を負わせるものかと怖くなった。

学校へは行くものだと頭ではわかっていても休みがちになる。欲しいものすべては手に入らないとわかっていても我慢できずに、無理してでも買ってしまう。そういう無理が通る家であったことは否めない。

父は我慢を教えてこなかった。イコールそれが子育てに失敗したという言葉になったのだろうか。

大人になってから、無理は簡単にできるものではないのだと痛感した。あの時は我慢しなかったけれど、そのツケは十分に味わっていると父に伝えたい。

今はどんな困難なことがあっても家という素晴らしい故郷を持っている私は、前を向いて歩くことができる。

私の娘が生まれた時、珍しく産院に足を運んでくれた父は、生まれたばかりの娘を見て「こんな大変な時代によく生まれてきたね」と言って幼い娘の手を触った。そして帰り際、「子育ては大変だ。生身の人間が生身の人間を育てるのだから」と言った言葉の重みをかみしめている。

三〇　人生にマニュアルはない。

父は幼い頃から、二年に一度くらいのペースで人生の時刻表を作っていたらしい。父の人生の時刻表には、創作だか妄想だかわからない部分もあったのが特徴だった。私も人生の時刻表を作り、常に意識して生きている。実は父に習ったわけではないのに、私も同じことをしていた。自分の年間のスケジュールはもちろん、何年までにこれをするという計画は詳細に立てていた。同じことをしていたと知った時、つくづく親子だなと納得したのだ。作ってみるとわかるが、時刻表はそのとおりにいくことはまずない。

しかし、人生の時刻表を作ることで、結果的には身近な目標を立てられる。まあ時刻表の半分くらいは達成するものである。

紙に書くと、より言葉が明確になって、その意識が刷り込まれる。気持ちがそちらに向いて、いい結果を生み出す。

私はさらに一年に三回のペースでその年の時刻表も作っている。常に机の後ろの本棚に貼って仕事をしている。その年の時刻表だが、これを書くと目標がはっきりしてとても清々しい。人は手で書き記した事柄は忘れにくいと言われている。だから手書きで毎年の時刻表も作っている。

三一　自分の中に「人間としてのルール」を作る。自分を律するルール。

私たちはさまざまな個性の中で生活している。

誰の意見が正しいのか、間違っているのか、ある人にとっては当たり前のことが、ある人にとっては異常なものに映る。そんな世の中にいると時に心が疲弊して、自分を責めるかもしれない。

制作の仕事は、プロフェッショナルな人たちが最大限の才能を発揮し、円滑に進められるようにするのが一番の任務。つまり交通整理である。

プロには作りたいものが明確にある。職人肌のプランナーは妥協しない。

制作は予算を管理して、予算金額の枠をはみ出ないように配分しなくてはならないが、作りたいものと予算がまったく合わない場合が出てくる。時に許すべきなのかどうか、許せる余裕があるのかどうか悩む。そういう時に自分の中に基準があると助けられるものである。

ある時、すでに出演の承諾をもらっていた俳優がいた。しかし、もっといい仕事がきたようで言いがかりをつけられて約束を反故《ほご》にされた。

それを選んだほうがその人のためになるのかもしれないが、嘘をついて、責任を押し付けられたのには憤慨した。素直に話してくれれば、その人の未来のために一緒に考えたのにと残念に思う。

芝居作りは人と人の摩擦をエネルギーとして前に進む。時にどこまで相手の言うことを聞いたほうがいいのか境界線がわからなくなるのだ。

そんな時はここまでは仕事の範疇《はんちゅう》で、人としてのルールに反しない。でもここから先は人としてのルールに反するので賛成できないというように、物差しを作ることで自分を守ると父は力説していた。

生きているといろいろなことが起きるけれど、感情で判断するのではなく、人として納得いくルールに反した時に毅然として意見を言うようにしたいものである。

仕事だけではなく、子育ても、恋愛もそうかもしれない。まったく違う環境で育った二人が、一つの家に住んでうまくいくはずはない。

時にはそれがエスカレートするかもしれない。どこまで許せばいいのかわからなくなったら、ここまでは好きという感情が優先してしまった結果だから許せる。でもここから先は人間としてのルールを超えているからはっきりとNOと言う。当事者になっていると目先のことにとらわれて、頭が混乱してわからなくなってしまう場合がある。そんな時にも、これは人間のルールとして許されることか否か考えると客観的な目を持つことができて、正しい判断に至り、救われる。

三二　大事なのは、後始末。

転職するたびに、「仕事を辞める時は飛ぶ鳥跡を濁さずのごとく、努力しなさい」と言われた。その辞め方は、これからの仕事に影響を及ぼすものであるとも言われた。「辞め方でその人がわかる」とも明言している。その時は意識してはいなかったが、自分が雇う立場になるとそのとおりだと思う。きちんと愛されて辞める人はそう多くはない。

私が離婚をした時、相手から「荷物をまとめて送ってほしい」と言われた。その時私は怒っていたので、とにかく詰められるだけ詰めて、ぐちゃぐちゃに梱包したのだった。たまたま父から連絡があり、今自分は荷物を詰めている最中で、ぐちゃぐちゃにして送ってやろうと思っていると言った。すると、「それはダメだ、きちんとやり直して、心を込めてきれいに畳んでまとめて送りなさい」と言われたのだった。

「相手が荷物を開けた時、きれいに畳まれて送られた荷物を見てどう思うのか、考えてみなさい。こんなにきれいに梱包してくれたことに気が付かないかもしれないが、もしかしたら冷静になって考えるかもしれない。そして悔しい気持ちを抑えて荷造りをした君は、少しずつでも確実に成長しているはずだよ」と。

日常の中で毎日知らないうちにたくさんの後始末をしているものだ。次につながると意識した時から、安易な後始末はできないと思い知る。

三三　当たり前の日常が奇蹟。

当たり前の日常を人は皆生きている。誰にもその日常を脅かせないと思い込んでいる。当たり前すぎて普段は奇蹟だなんて思わないものだ。

父は平和という言葉に日常を置き換えて使っていた。これは本にも書いているし、講演会でもしゃべっている。

いつか、父と話した時、「私は日常なんて守りたいと思ったことはない。むしろいつも現状を打破すべく努力している」と言った。その日、私は急に劇団を任されてイライラしていた。「日常を守れ」なんて言っている人は、机上の空論を展開しているだけで、ほとんどの庶民は日常を一所懸命に苦しく生きているのだからと反論したつもりだった。

その反論に対して父は、「それこそが日常だ」と言った。

日常であるから、その大切さは失ってみないとわからない。「君が文句を言えるのも、当たり前の日常が今きちんと守られているからだよ」と言いたかったのかもしれない。

今いる場所を一番いい場所にすること、それが日常を最高に輝かせることなのだ。

三四　その人の原風景に触れてみる。

相変わらず仕事の話しかしなかった私たちだったが、父が「その人の原風景は何かという本を出したら、例えば原風景辞典のようなものを出したら、自分はそれをきっと買うだろうな」という面白い発言をしたので、それから珍しく、父の原風景の話になった。

私の原風景は初めての海外の森の中だったか、もっと幼い時は父と母に連れていかれた浅草の風鈴の色と音、ちょっとすえたような臭いがする浅草の街だった。

幼い頃、出かけると言えば浅草。あの頃の浅草はまるでおもちゃ箱をひっくり返したという言葉がぴったりで、あらゆるものが私の目に飛び込んでくる街だった。

父はよく、私たちを連れて浅草寺でお参りした後、花やしきで木馬に乗って、そして見世物小屋へ行く。背の極端に低い人や何でも食べてしまう女の人など、当時の私は怖かった。

あの頃はキヨシという名物の屑ひろいの男性が生きていて、父と立ち話をしていた姿や、目をギラギラさせてアロハシャツで闊歩するチンピラを思い出す。足のない傷痍軍人がハーモニカを吹いている場に遭遇した時は、口を開けたまま固まってしまった。戦後ずいぶんたっていて、傷痍軍人がそんなところにいるはずもなく、すべては路上で行われる大きな芝居だったように思えた。

父の戯曲の中で何が一番好きかと問われると、私は『表裏源内蛙合戦《おもてうらげんないかえるがっせん》』だと答えた。平賀源内《ひらがげんない》を表の源内と裏の源内とに人格を分けて描いた一風変わった評伝劇には、どことなく浅草で感じた猥雑さと、人間の本質が色濃く出ていて、元気がなくなるとこの戯曲を読むと言うと、父はとても喜んでいた。浅草は私にとっても幼い頃の原点だったと思う。

父は自分の原風景は幼い頃に死んだお父さん、つまり私の祖父の背中だと言う。自転車の後ろに乗った幼い父は自転車の車輪にお父さんの浴衣《ゆかた》の裾が絡まらないか心配したのだと言う。そうしてどこの夜景かわからないが、二人で夜景を見たことが原風景だと教えてくれた。仕事以外で交わした数少ないエピソードの一つだ。

三五　種を蒔《ま》くこと。たとえ今、芽が出なくても、ひょんなことで花を咲かせる。

父は断れない頼まれごとをすると、「涙を蒔いて喜びを苅る」と言っていた。この言葉が幼い頃、大好きだった。

人生には流れがある。私は十八歳で大きく流れが変わって、二十代、三十代と生きているのがつらい時期が続いた。娘を産み、たくさんの出会いや別れがあった。やりがいのある仕事にも恵まれた。結婚し、それなのになぜ長いトンネルにいるように感じたのだろうか。心から晴れた気持ちになれなかったのは、家族の問題が居座っていたからだ。その後、やっと長いトンネルを通過したと思ったら、芝居作りという過酷ないばらの道が待っていた。

ただトンネルでいつも光を求めていた。その時に培った経験が、今を支えている。「君はさまざまなところで働いてきた。子どもを二人抱えて必死で働いた時に流した涙は、若いと忘れてしまうんだな。でも、それが歳をとるとひょんなことから花を咲かせる。涙というのは実は喜びの種でもあったわけだ」と励ましてくれた。

苦労しながら、実は学んでいたのだ。いつしか成長していたのだ。種を蒔いている本人は、まったくそれに気が付かない。種を蒔いている時はそんなことを考えている余裕がないからだ。

ただ一所懸命やらないと、種を蒔いても芽は出ない。種は蒔けばいいというわけではなさそうだ。今返ってこなくとも、その後、いい栄養を与えれば、花を咲かせることは間違いない。

三六　家族には、家族の問題を背負う役回りをする人が一人はいる。

大きな意味で「家族」というしがらみと愛しさを、両親がこまつ座を旗揚げしてから失った。大好きだった家族との「時間」を失った。

私はずっと家族に固執して生きてきた。簡単に物事を忘れてしまう中で、重いと言われようが、「絶対忘れてやらないぞ」と昔の家族のことを忘れないと宣言して生きてきた。いまだにその癖が抜けない。

自分から手放したわけではないから、必ず元に戻ると思う半面、家族とは変化していくものだという宿題を父に出されたような気もする。

家族が大好きな私は、その家族の関係を複雑にした両親を恨んだ。それでも残酷に、父は言うだろう。

「家族に縛られることなく、自由に勇敢に人生を歩め」と。

最近わかってきたのは、家族の中にはどうやら、それぞれの役割があるということだ。それぞれが背負ったものは拒否できないようである。私に与えられたものは何か、まだ模索している。

与えられた家族の立場をまっとうせよと父は言ってこの世を去っていった。

三七　誰でも国を選べたらいいのに。

その時、やはり日本という国を皆が選ぶような国になればいい。

時間が足りないと口癖のように言っていたけれど、その中で活動し続けたのが憲法九条の会だった。「よく政界に出ませんかなどと言われたけど、僕は活動家ではなく、作家だからペンの力で活動しますと答えることにしている。君は君で、親として職業婦人として戦う方法はいくらでもあるね」と言われた。

「憲法は戦争で亡くなったすべての人の声の結晶そのものだ。だからその声が聞こえなくなったからといって、変えたりしてはいけない。そしてそれぞれが自分の世界で、この国を愛することができるようになればいい」と言っていた。

家庭を守る人は家庭人として、社会に出れば社会人として、そして芝居作りをしているのなら演劇人として、作品を書いていれば物書きとして、そのそれぞれの得意なことを生業として、この国を選び直すことができる国にしていく。今こそ一番大切なのはその意識を持つこと。

君は母親として、演劇人として、こまつ座の作品をもって、このことを守っていきなさい。君の武器は子どもを愛する心であり、演劇を愛する心であり、まっとうな社会人として生きる自信なのだよと励ましてくれている気がする。だから私は戦っていけるのだと思う。

仕事について

三八　どんな仕事も一個一個片づけていけばいい。

父が複数の締め切りを抱えていた時期、自分に言い聞かせて原稿に向かっていた言葉だそうだ。

溜まった仕事は、一つひとつ優先順位をつけて片づけていくと必ず解消される。あとどのくらいと漠然と仕事量を把握するのでは、ゴールだけが気になってやりきれなくなる。父の場合は小説、エッセイ、戯曲と作品のアプローチが異なっていた。一ヵ月に二千枚の原稿を書いていた頃は、こつこつと書いていくしかなかったのだろう。

こまつ座を継いでほしいと言われた時、私は経理として働いていた。劇団の経理は複雑ではないが、やけに細かい作業が要求される。とくにこまつ座は作品ごとに、キャストやスタッフが集まってカンパニーを作るプロデュース公演という形をとってきた。かかわる人数だけ、経費の件数が多くなる仕組みである。

経理は内勤だから、打ち合わせや稽古場に出向くこともなかった。それが父から支配人を命じられ、いきなり稽古場に行けと言われた時、どうやって時間配分をすればいいのか悩んだ。

現場が動くのはだいたい日中である。それを終えて会社に戻ると午後七時を回っている。そこから集中して経理の処理をする。あの時期の記憶が曖昧なのは、睡眠不足のせいだったのではないか、と思うほど仕事をした。

何を優先すべきか、移動している間に経理の仕事の進め方の計画を立てた。寝不足のため思考能力が低下してパニックに陥っている私を見ると、父はこの言葉を言ってくれた。

どんなに仕事が山積みになっていても、誰も複数同時にはできない。常に一つの仕事に向かい、一つずつ終えていくしか方法はない。一つ終われば、次の仕事に集中する。その繰り返しで途方に暮れるほどの仕事量でも「必ず終わるのだ」と冷静に言っていた。一つずつを見ないで、山だけを見ていると、仕事に向かう意欲もそがれるし、集中力やその質までも下がってしまう。

どんな時でも取り組む仕事はたった一つである。一つずつ片づけることを継続するという姿勢が、ひいては信頼を得ることにつながっているのだろう。

三九　自分がいなくなった後の三年間を無駄にしない。この三年間が井上ひさしの旬と心得よ。しかし、その後もこまつ座の作品は残る。

「自分の作品は、人間の苦しかったこと、悲しかったこと、楽しかったこと、人間の普遍的なテーマをすべて織り込んでいるから、いつの時代にそれを上演しても、新作以上の輝きを持つはずだ」

父は死後三年間を自分でプロデュースしていなくなった。死んだ直後の対応も伝えられていた。社告を打って自分の死を伝えること。けれどその時泣いたり騒いだりしない。「こまつ座は劇団だから、井上ひさしの追悼は芝居でする。そういう態度で臨みなさい。

一年間は追悼だから観にきてくださるでしょう。その間に借金を返してしまうのだよ。二年目、三年目にはこまつ座を観にきてくださるお客様が本当に望んでいた作品をやればいい」

三年目以降はどうするのと問いかける私に、「三年一所懸命やったら、四年目が見えるし、四年目を一所懸命やったらば五年目が見えてくる」と確信に満ちていた。

「見えてきたら、とことん考えて、これで間違いがないと思ったらけっして立ち止まらない。こまつ座は芝居の型作りがとても大切な仕事になるだろうね。型ができたら、後は誰がそれを壊しても、新しく解釈してもいいわけだ。チェーホフもシェイクスピアも実は型があったから、今でも上演され続けているのだよ」

父はこまつ座にその任務を与えてくれたと私は受け止めた。いつも前を向いて立ち止まらなければ、進む道は見えてくると信じている。

四〇　プロには美学というものがあって、
その中で生きている人は静かに仕事をする。

「プロというのは、静かにやってきて黙々と仕事をし、静かに帰っていくよ。それが本物というもの。見ていてごらん。うるさく音を立てる人間は、よく観察していると結局愚痴や文句ばかり言って何をやったかわからない。仕事は静かにするものだ」

「ついでに言う」と前置きをして次のように話した。

「仕事場に行く時に、気分が落ち込む原因は、その場所で自分の立ち位置がよくわかっていないからだ。仕事が楽しくないのを会社のせいにしたり、自分の実力不足のせいにすることは簡単ですが、少し見方を変えて立ち止まってほしい」と。

プロというのは、仕事場で自分がしなくてはならない仕事が何かわかっている人のことである。だから騒ぎ立てて時間を浪費したり、自分の仕事以外のことに口を挟んでこない。自分の居場所がわかるから相手の領域もきちんとわかっているのだ。

劇団の仕事は子どもの頃から垣間見ていて喜びと苦労は肌で覚えているのだが、現実、仕事として携わるとうまくいかない事柄が多々出てくる。そこで私は詳細なカレンダーを作成した。このカレンダーに記号をつけていくと問題点が見えてくる。

充実感を得られた日は◎、そこそこなら○、調子があまり出なかったら△、本当に嫌な日だったら×という具合に印をつけるだけだ。

△や×がついた日は人に怒られたり、失望したりすることが目立つ。これはきっと父の言う「自分がやるべきことが見えていなかった」時なのだろう。

同じことでもう怒られないようにしようと思い直し、理解するまで原因について考える。そういう小さな自分の変化に日を向けることで、×や△が減り、○や◎がどんどん増えていった。

「私にはこの仕事は向いていない」とか、「あの人は苦手だ」と考えるのは容易だが、その原因は自分自身にあることも多いとわかった。それは父のこの言葉を踏まえて、自分はプロであるのかを問うていたからである。

「今度、○○さんが稽古場にきたら、ぜひ挨拶してほしい」とか「今度○○さんが劇場にいらしたら、これを渡してほしい」と頼まれていたのだが、さっきまで姿を見かけていたのにもかかわらず、すでに仕事を終えて帰られてしまった。

そう報告すると、「あの人たちは本当のプロなんだよ」と嬉しそうに答えた。「プロでない人ほど、うるさくしゃべったり、騒いだり、音を立てたりする」というのが父の仕事の美学だったのだ。

「駆け出しの頃は何も知らないから毎日が発見と驚きの連続だ。それを過ぎて中途半端な時期に、どうやら人は思い悩む。早くプロという地点まできなさい。その過程がどれだけつらくてもそれを超えたところに道はある」と言っていた。

今プロがいない時代と言われているのは、誰もがこの過程を嫌うようになってしまったからかもしれない。

「プロになるのは厳しい。今の仕事がつらいのは、まだプロになっていないから。本物のプロになれば大変だけど楽しいよ。プロというのは、自分で決めたことはどんなことがあっても実行してしまう、強い魂の持ち主を言うのです」と父は嬉しそうに言った。

四一　朝、目が覚めた時、「眠いし疲れているけれど、今日も一日がんばろう！」と
思えないのであれば、今の生活、どこかで自分に嘘をついて我慢している。
その我慢がどこにあるのかを逃げないで見つめること。

劇団のようにものを作っている職場は人と人との摩擦がエネルギーにもなっている。技術は進歩しても、芝居作りだけはアナログで、けっしてシステマチックに進むものではない。人と人との摩擦で前に進むところがあるので、神経も身体も消耗する時がある。

それに疲れて神経を病む人も出てくるし、「自分には合わない」と早々に辞めてしまう人もいる。一つの作品を作るということは、心身ともに全力でかかわらなければならない。そういう仕事であるから、朝起きた時に「今日も一日がんばろう」と思えるのであれば、きっと大丈夫だと思っていたようだ。

私がこまつ座を父から任された時、父は私の体調をとても気にしていた。眠れなくなっているのではないか。食欲がなくなったのではないか。心を病んでいるのではないか。そんな時、

「演劇界はピンからキリまでの人が淘汰されることもなく共存している稀有《けう》なところだ

けれど、残っている人には共通点があるんだよ。それは根が明るいこと。楽観的な人がこの業界に向いている」

芝居作りに限らずどの仕事も、技術はどんどん進んでいる。しかし人と人とのかかわりは、ある種のぶつかり合いによる摩擦で前に進むことがある。その摩擦をいい摩擦に変えていく努力を日々したいと思う。

四二　「あの人には経験がないから」と言う人がいるけれど、経験が時に邪魔になったり、足かせになったりすることもある。

私は高校の時からずっとアルバイトをしていた。いつもやりたいことがたくさんあって、それを実現するためにお金を貯める必要があった。お金は自分ががんばった分、必ず裏切らずに入ってくるから、働くことが楽しくて仕方がなかった。

留学のために三年間で百万円を貯める決意をしてアルバイトをかけもちした。お菓子屋ではポップ書きをし、包装も覚えた。

その後、ニューカレドニア文化交流協会という民間の団体でアルバイトをした。ニューカレドニアで映画を上映して回るという文化交流をしている団体である。映画を観たこともない現地のカナック族に映写機持参で、映画を観てもらう活動をしていた。野原で映画を鑑賞するための工夫をするなど企画力、宣伝力を鍛えられた。

スポーツ新聞の広告局では、研修で新聞配達をしたり、集金や勧誘をした。広告局初の女性の内務部勤務という地味なポジションで、おじさんたちに怒られながら泣きながらの毎日だった。その後どんな仕事をしてもやっていけるという自信がついたものだ。

大きな転機になったのは離婚だが、シングルマザーとして働くことは想像以上に自分を鍛え、強くなった。

離婚後すぐに勤めたのは、国の研究所の非常勤事務だったが、これは、保育園の時間に合わせて選択した職だった。ちょうどその頃、東海村で起きた臨界事故があり、その対応を体験させてもらった。

お役所というのは、そこを支える他部の協力と膨大な話し合いを必要とし、最後に稟《りん》議《ぎ》書を提出して進んでいく。きちんと筋を通して仕事を進めていく姿勢を教えられた。

私は作家の家に生まれ、自由業しか知らないので、細かな書類を作り、稟議にかけられるという経験もなく、言葉遣いから態度まで見ること聞くこと新鮮だった。しかし、私たち非常勤には責任ある仕事を任されることはなく、それがとても悔しかった。

最近は責任を持たされるのを嫌がる人が多いらしいが、仕事は責任を取るからこそ、決定権を持ち、初めてやりがいを感じるものだと思う。責任を持ちたくないという人は、責任を持って仕事をする喜びを本当に知らない人なのかもしれない。

いろいろな会社で仕事をしたが、私には「人のために何かをしたい。それも直接的にしたい」という欲求があり、奉仕の心を持ったホスピタル産業・サービス産業に従事したいと思い、そこに転職の場を求めた。挑戦するなら最後だという気持ちだった。研究所の後、ホテル業界に運よく勤めることができた。そこで念願だった国際アロマセラピストの資格も取得した。

誰も評価してくれない自分を、自分で評価すると決めてから、気が付けば、たくさんの資格に挑戦してきた。資格取得は自分を鼓舞するいい方法だと思っている。

これらの経験を経てこまつ座に入り、歩んできた経歴に一つの無駄もないことに驚いている。劇団というのはさまざまな要素が必要で、これまでやってきたどの仕事も劇団の仕事につながっていた。

ただ、芝居作りの現場に出るとあまりにもわからないことが多い。当然陰口をたたかれる。

一度、とある劇団の演出学校へ行きたいと父に言ったところ、その理由を聞かれ、その上で許してはくれなかった。「そんな必要はありません、君は完璧にこまつ座の仕事ができるはずです。学校なんかに行く必要はありませんよ。君はまったく異業種に転職するのではない。演劇こそ、まさに究極のホスピタル産業だよ。すでに十分な経験者なんだよ。何より幼い頃からずっと劇団の周りで育ったのだし、劇団は井上家の家業なのだから」と言われた。

確かに父の言うとおりかもしれない。劇団は家業と思うことにしてから、幼い頃に肌で感じた経験がたびたび甦《よみがえ》り、演出学校へ行くという選択はしなかった。

四三　交渉事はまず先に、相手にとことんしゃべらせること。

男親が男の子に喧嘩を教えるように、私は父に戦い方を教わった。

父は孤児院にいる頃、戦うことを強いられてきたせいかもしれない。というのは、孤児院では自らが道化になって、人を笑わせることで、身を守ってきたとある日の電話で話していた。父の幼い頃の苦労を彷彿とさせる話で切なくなってしまった。

父は幼い時から剽軽《ひょうきん》でユーモアの才能を持っていたから、笑いを手段にしたようである。

作品にも笑いがちりばめられているのは、そのせいだと思う。

交渉事はまず相手にしゃべらせるというのも、父が幼い頃に学んだ戦い方の一つだと私は思っている。

説明しすぎると結局、話がわからないという印象を与えてしまい、得策ではない。仕事では相手の話をまず聞くことだと厳しく言われた。

余程の人でないかぎり、何度もしゃべっていると話が脱線してくる。そこでまた一から戻って話し始め、感情を昂らせてしゃべるとだんだん気持ちが落ち着いてくる。一度、感情が頂点に上りつめれば、後は下がるだけだ。

とくに不満があれば、一気に聞いてみる。その繰り返しで、相手の気持ちや結論めいたことがわかってくる。この手続きを踏めば、相手とゆっくり本音に近いところで話すことができると力説していた。

自分が相手と同じくらいしゃべり出してしまったら、この方法は逆効果だ。あえて黙って聞く。相手の気持ちを一度受け入れた時点で、相手に余裕を見せたことでもある。そのうえ「人間は自分の意見を聞いてくれた人には、割と素直だから」と言った。

父は聞き上手というよりは、しゃべり上手であり、褒め上手だった。また、その気にさせるのがうまかった。

仕事ではうんうんと人の話を聞いていたが、私とはいつも一方的にしゃべる。ただし、「仕事ではしゃべりすぎて損をしないように、いつも自制しなさい。とくにお酒を飲んだ席でのおしゃべりは慎むこと」と口を酸っぱくして言われた。

説明は必要だが、説明しすぎてはいけない意味を、今、痛感している。

四四　切符が売れないのは、死に物狂いで売ろうとしていないから。

劇団は一枚一枚、芝居のチケットをお客様に買っていただき、公演することで成り立っている。時にこれを忘れてしまう。父はほかの劇団の公演が行われている時、それを観にふらっと劇場に行き、当日券で並ぶということは当たり前だった。「あそこに並んでいるのは井上さんではないか」と特徴的な顔のためにすぐ見つけられてしまう。「チケットを用意しました」と言われても、当日券に並んで買うと言ってきかなかったそうである。そのくらい、その劇団にとって一枚のチケットは大切だと父は誰より知っていたのだ。

ある一定の期間、決まった時間に決まったことが劇場で行われる。当たり前だが、何かが一つでも狂うとそれらは成立しなくなる。芝居は生ものである。しかも博打打《ばくち》ちのような気持ちで毎公演を迎えている。博打的な要素をどこまで確実なものにできるのか、確実なものにするために、どういうことをしていけばいいのか常に制作者は考えているものなのだ。そのようにしてやっと幕が開いている。

チケットに限らず、今や十円のものを売るのも難しい時代になった。死に物狂いで売るためには、自信を持って売れるものを作ること。そういう自信があるならば、人は命をかけて世に出すのだ。そうやって作られたものはすべて自分の子どものようなもの。

私がホテル直営のギャラリーの企画を担当している時だった。「君の強みは自分でものを売っていたということ」と言われたことがある。

自分が担当した日本画の企画展があった。もしそこで絵が売れなければ、自腹を切ってでも売らなくてはならない仕事だった。お金のなかった私は必死だった。どうしたらこの絵の素晴らしさを伝えることができるか考えたものだ。少なくとも「必ず売れる」と信じて臨むと事態が変わることもある。それを知った。

四五　日常を突然奪われてしまった人たち、一人ひとりのエピソードを書きたい。

『父と暮せば』を書いて、作家になった意味がわかった父は、主人公である美津江《みつえ》に、被爆して亡くなったたくさんの人の魂の記憶を背負わせている。

どこにでもある日常、普通の人々が苦悩しながらも前を向いて生きていく人生を書きたかったのだと思う。いつも父は庶民側の人間だということではないか。

「マー君、井上ひさしのことを分類するのなら、彼はプロレタリア作家に分類されるべきだと言ってくれた人がいたんだ。それがとても嬉しくてね」と電話で話してくれた。

けっして権力を行使する側の人間にはなりたくない。それがプロレタリア作家としての覚悟だったのかもしれない。

そういう人のエピソードを一つひとつ書いていくためには、時間があまりにもなさすぎる。父はいつも時間と戦っていたのだろう。電話で話していた時、「時間が足りないのです」とよく言っていた。

私がホテルで働いていた時、その会社の社長が「先生もたまにはゆっくり温泉に入って、緑の中でリラックスなさっては。いつでも部屋を用意しますよ」と言った。「ありがとうございます」と口では言いながら、私には「ありがたいお話だけど、時間が足りないので温泉は行かないよ」と言った。温泉に入るくらいならば、日常を奪われてしまった人たちのエピソードを一つでも多く書きたいと思っていたのだろう。

四六　今の仕事が嫌だからといって、それをやらずに次へ進むことはできない。

私がこまつ座を継ぐように父に言われた時、こまつ座には相当な額の借金があった。経理担当で入社し、三ヵ月間はひたすら数字だけを見ていた。大変な額の借金があったのだ。「まずいところに入ってしまったな」とひどく後悔したが、今度ばかりは「はい、さようなら」とはいかない。

父からの「こまつ座で経理をしてほしい、君でなくては駄目だ」という言葉を、両親の離婚後、父とは疎遠になり確執もあったのだから、初めは信じられなかった。親の離婚が私にとって大きな心の傷となり、消えないままであった。そのような状態だったから、驚きと喜びが同時に押し寄せてきた。親のかすがいになれなかった私の起死回生、自信のない自分の挽回のチャンスかもしれない。私がこまつ座をすぐに辞められなかったのは、そんな気持ちからだった。もしこれが何の縁もない会社なら、私はすぐに辞めていただろう。

借金のあるこまつ座を、入ったばかりの私に嫌いになってほしくない一心で、父は毎日、あの手この手で励ましてくれた。

「今の仕事から目をそらさないで、つらくても続けてほしい」という声は切実だった。私はとことん父を助けたいと思うようになった。

ただしその半面、辞めることが許されないような言い方もする。「つらいからといって逃げたら、それは癖になって、結局どこへ行っても、つらいから逃げる、を繰り返す。つらくても今の仕事を終えてから辞めろ」と。

それから劇団は大変な問題がいつもあったけれど、父が私を信じてこまつ座を預けてくれたという自信だけが、私の気持ちを大きく支えてくれた。次の仕事を考える前に、この仕事において自分は精一杯やったのか、やり残したことはないのかをもう一度考える。その時にまだやり残したことがあるのに辞めてしまったら、それはどこかで必ず自分のほころびとなって出てくるはずだ。

四七　人の批判は自分を律するいい機会。むしろ観察するつもりで聞いておいて損はない。

父は毎晩のように電話をくれて、慣れない劇団の仕事に疲れきっている私を励ましてくれた。

しかし、心が萎える問題が次々に起きた。私はどんなことがあっても、ポジティブな話しか父にはしないと心に決めていた。一度ネガティブなことを言い出してしまうとキリがないからだ。

人に悩みを相談するのが苦手な私は、いつも自分自身が一番の理解者であり、一番の教師であると思って生きてきた。人に相談するとか、愚痴を聞いてもらうプロセスが何もいい結果を生み出さないのを知っていたからだ。愚痴は単なる言葉の毒を吐き散らす行為であると思っていた。

それでも、落ち込みは隠せないものなのか、声を聞いただけで、父は私が元気ないとわかったようで、「今日はずいぶん弱気だね」と言われてしまう。

人の悪口、陰口にはどんどん尾ひれがついて回る。劇団は多くの会社とは違い、昔気質の体質が入り込んでいる。誰が誰を追い出しただの、内情は大変らしいだの、ずっと言われ放題だった。

一度あまりに腹が立つことを言われたので「それは違う！」と反論したいと言ったらこの言葉を言われた。

「言葉で言葉を押さえようとすればするほど、尾ひれがつくのは致し方ない。何もしゃべらず弁解もせず、聞かれたら正直に話す、これを貫き、あとは黙々と仕事で返す」

父はかみしめるように言った。

誰かに愚痴を言って、まき散らしたい衝動に駆られる時もあるが、この言葉を唱えると心が落ち着いてくる。そういう機会に自分に対して言われた言葉、されたこと、それは自分への滅多に訪れない本音の日だと思って謙虚に捉える。起こることをすべてマイナスに捉えるのではなく、「ああ、いい機会だった」とプラスに変えてしまうこと。それが根も葉もないことを言った人たちへの最大の反論だ。

四八　十年間、同じ仕事を続けたら、それでご飯が食べられるようになる。だから十年は続けること。

この言葉を言った父は、どうしても私に劇団の仕事をさせようと必死だったのだと今は理解できる。つらいけど、十年はがんばってくださいよという父の願いがこもっていたと最近になって知ることになった。

石の上にも三年という言葉があるが、三年で辞められても困るだろう。三年たって、初めて周りが見え始め、そこから新しいことを作り出し、その結果何かを得るまでの時を十年に置き換えて、父なりに伝えるとこんな言葉になったのかもしれない。

私には今まで十年続けた仕事はない。子どもを育てるために、給料がいいところへ、どんどん転職して生きてきたからだ。転職するためにそれに必要な資格を取って……。私にとっては子育てこそが仕事、その仕事の一環として、子どもを食べさせるための仕事をする。そういう考えで生きてきたのだから。

しかし、劇団はそういうわけにはいかないぞ、覚悟しなさいと、私を鼓舞しようと言ったように思う。父は残酷な人でもある。十年このペースでやったら、もしかしたら紀《き》伊國屋《のくにや》演劇賞団体賞をいただけるかもしれない。受賞しなくても候補の一つくらいには考えてくれるだろう。そう励まされた。紀伊國屋演劇賞だけは、一所懸命に活動し、成果をあげている団体しかもらえない賞だからと父は言った。

私たちは父の死の三年後に思いがけずこの賞をいただいた。この六年間で最も嬉しかった瞬間だった。

四九　どんな人でも、ご飯を食べるところを見ていると、優しい気持ちになる。嫌いな人とならなおさら、ご飯を一緒に食べてみるといい。

どんなプロジェクトでも、皆が持っている情報を集約するまでに時間がかかる。情報が集まり、意見がまとまり、皆が同じ方向で仕事することが必要だ。

その時にとても有効なのが、一緒にご飯を食べることだと言われた。タイミングを見計らって、食事に誘う。そして自然な形で話ができ、方向を促せればいい形になると。

何かと意見が合わなかった人も、ご飯を食べると意外な面を発見したりする。そんな時、その人との距離も一気に縮まるものである。合わない、苦手だと思っていた人は、一緒にご飯を食べてみれば、いろいろとわかってくる。よく嫌いな人とご飯を食べるのは苦痛で、そんなご飯など食べないほうがいいと言うが、はたしてそうだろうか。

時には自分をとことん追いつめて、覚悟して食べるといいのではないか。

そのような覚悟を繰り返していくことで、社会人としての自信に近づくのではないかと思う。人間は本能的にご飯を共に食べ合った人とはすでに距離が近づいているものだから。

そこで美味しくものを食べてもらって、自分も楽しめたら少しだけその人との距離は縮まっているはずだ。

五〇　芝居は航海と同じ、海図を見誤るな。

「今回は豪華客船なのか、小さなボートなのか、どの海まで航海するのか、どんなお客様を乗せるのか、どんな船頭さんにお願いするのか、それらをきちんと決める。小さな船で、大きな海に出ていくのは無理だし、大きな船で小さな入り江には入れない。こまつ座にはどちらの戯曲もある。言ってみれば、小さな入り江を楽しむ旅も、ある程度広い海に繰り出すこともできるという多様性がこまつ座の魅力でもある」、それが父の言い分だった。

芝居のプロデューサーというのは、その公演をするために、どういう人にかかわってもらうのが一番いいのかを考える仕事であると言われた。どの人にやってもらえばいいのかをコーディネートする。今回はどんな船で誰を乗せて、誰にその航海をしてもらうのか。「こまつ座は、どんな航海にも対応できる稀有な劇団なのだ。演劇には同じ演目であっても、演じ手が変わると新しくなるという魅力がある。もっと自信を持ちなさい」。

どんなにつらい時も、この話をすると父は元気な声を出した。「同じ船に乗り合わせるスタッフとお客様は、同じ運命の中にある。戯曲はその設計図にあたる部分であるからいい加減にはできませんよ」とよく言っていた。「その航海の海図を描くのはとても大変だし、その見定めができなくては、劇団はちゃんと機能しませんからね」と念押しをされた。

どの仕事、どの商品も、それをどういう風に作り、世に出していくのか検討する。それは何も芝居だけではないはず。

私が目指す航海はどういったものなのか、まずはじっくり想像してみることが、何より最初にやらなくてはならないことなのではないか。

五一　プロデューサーは三年先を見てものを決める。だから勉強して、いろいろなことに精通していなければ、間違った決断をすることがある。

父の書く戯曲は、常に時代の合わせ鏡だった。今この時代にこの作品を世の中に出すという作家の思いを具現化する劇団が必要だった。それがこまつ座だった。

父は病床で「これからのこまつ座は、井上ひさしの型を世の中と照らし合わせながら作っていくことが一番の仕事になるであろう。何とかこの難事業をやってほしい」と力強く言った。仕事とは常にその時代と隣り合わせで進んでいる。まったく世の中と関係のない仕事などはこの世に一つもないはずだ。

「君がこまつ座をつぶすなら、一向にかまわないさ。怖がらないで突き進んで」と言ってくれたことを心のお守りにしている。

今、私たちは父がこまつ座に遺してくれたたくさんの作品の中から、何を改めて新しい形にして世に送り出せるかを考えている。

一年先、二年先、そして三年先はいったいどんな世の中になっているのか。願いを込めてそれを見つめる。それを見つめるためには勉強が必要だ。父が私に勧めたのは新聞を読み、そして架空の株屋になって、わからない中でも「自分はこの株を持っている株主」という設定で株を買うこと。時代を孕《はら》む、世の中をつかむ、そういった勉強はお金がなくてもできるのだよと言った。ちなみに私は架空の株主で、今その株でそこそこ儲けている。次はどういう世の中になるのか、それは現場の空気を吸っていないとわからないことでもある。現場はいつでも正直だから。

五二　策略に勝つために策略を立ててもダメ。策略に勝つのは正直であること。正直は最良の政策。

井上ひさしの書いた戯曲を扱うのがこまつ座の仕事である。

私はこまつ座を継いだ時点で、あまり父の本や戯曲を読んではいなかった。ただ、こまつ座の芝居は大好きだった。つまり芝居は観ていても、本をきちんと読み込んでいるわけではなかった。父の書いたものを理解するために、読み漁《あさ》る日々が続いた。

中には新聞のインタビュー記事を新聞社のアーカイブに頼み、見せてもらったこともある。そこで発見したのは、書かれているものを後押しするように、人間に対して……人間という生き物が繰り広げる日常の営みに対して、これほど愛を持って作品を書いていたのかという驚きだった。正直は最良の政策という言葉は、井上ひさしの人間讃歌の言葉と実は等しいと痛感する。どんなに意地の悪い妨害でも、用意周到な罠でも、心ない中傷でも、それに対して腹を立てて傷つき対抗しようと策を講じるより、正直にひたすらにまっすぐ進むことに力を注いだほうが、仮にそこでぺしゃんこにされても、傷は複雑にはならず早く癒えるだろう、ということが見えてきた。策に溺れるな、とにかく仕事にどれだけ誠実に取り組んだかということが、何よりの策であるのは真理だと思っている。

五三　自分の書いたものに対して、自分が一番の批評家になる。あらゆる角度から、自分の作品を批評して、どこにもスキがなくなってから、初めて人に渡す。その作業に一年〜三年、それ以上かかることもある。

「自分はプロだから、ある程度の水準のものを書くことはできる」と父はよく言っていた。

同時にそこから本当にこれを世に出していいのかとギリギリまで自分に問い続けるときっぱり言った。そこでほんのちょっとのほころびを見つけたら、目をつぶらずにどうしてほころびができるのかを逃げないで考える。

それを無視して発表しても、ほころびはどんどん大きくなってしまう怖さを嫌と言うほど思い知っている。

戯曲は上演され続けるので、余計に怖かったようである。書いたのに発表しない作品もある。プロとして、いい加減なものを発表できなかったのだ。

「今の若い作家も今の若い編集者も、勢いだけは立派だけれど、もう一度、自分の書いたものを読んで、もしくは担当している作家の作品を読んで、ここが弱いとか、ここはおかしいと批判する時間を割くことがほとんどない時代になってしまった」と嘆いた。ほころびを直す作業に長い時間が必要になるかもしれない。時間を作って、それを直したほうが愛される作品になる、と。

そういう時間的な余裕がない中で、どんどん書くといい加減になる。これではいい作家が育たない。

私の手元にとうとう陽の目を見なかった分厚い父の原稿がある。何度も読み返して、この作品がなぜよくなかったのかと思う。こんなに素晴らしい作品を、なぜ世に出さなかったのか、今度父に会ったら聞いてみたい。

五四　いい芝居を観た後、「自分の人生はそんなに捨てたもんじゃない」と思い、
　　さらに自分の人生が、何だかキラキラしたものに感じられる。そんな芝居を
　　作り続けてほしい。

父はお客様の顔を見に、よく劇場に足を運んだ。

井上芝居には必ず自分が感情移入することができる人物が出てきている。年齢によって感情移入する登場人物が変わったりするし、一生涯観てもらっても飽きないように書いたと。

いい芝居の時は終演後、ロビー・ホワイエから人がなかなかいなくならない。少しでも余韻に浸りたくて、ロビーに残るのだ。

「いい芝居の定義ってなんだと思う？」と父に聞かれたことがある。次の日、答えがわからず、なかなか答えない私に代わって、

「観終わった後に、人生はそんなに悪いものではないのかもしれないと、沸々《ふつふつ》と勇気が湧いてくるような、いつまでも歩き続けていられるような、そんな芝居がいい芝居なんだ」と答えた。

「なぜか家にまっすぐ帰りたくなくて、コーヒーでも飲んでいこうかしら？　とそういう気持ちになる。あるいは、夜中まで歩いていたくなるほどのエネルギーをもらう。そんな普段は絶対自分はならないような気持ちになる、そんな芝居がいい芝居なんじゃないかな」と付け加えた。

私は劇場でお客様の顔を父の代わりに見る。いい顔をしていたらよかったと思うし、そうでなかったらそこから逃げずにその理由を真摯に問いただす。

五五　稽古場に行きなさい。稽古場は後ろには戻らない場所。トラブルが起きても、スタッフみんなで知恵と技術を出し合って解決してしまう。前にしか向かわない場所だから。

私は幼い頃から稽古場や劇場に連れていかれた。父の書斎と同じように、神聖な場所でもあり、簡単に入り込んではいけない場所だと思っていた。

今も稽古場と劇場は神聖な場所である。そこは独自の活気に満ち溢れていて、たくさんの人のエネルギーが充満している。混沌としてはいるが、気があちこちに満ちている。

こまつ座の経理担当の頃は、なかなか現場に行けなかった。「稽古場に行きなさい」と父の声が聞こえると、いてもたってもいられず外に飛び出してしまうこともあった。

稽古場では、トラブルで何かが止まってしまうということはあり得ない。ここをこうしたいと演出家やプランナーが言えば、あっという間にスタッフが問題解決のために話し合って、次の日には解決している。またそういう場所でなくてはならない。

稽古場のように悩みも前向きに解決できたらどれだけ素晴らしいだろうか。

現場は常に一番大変だが、そこが楽しいというのは何もお芝居に限ったことではない。

ただし現場はエネルギーのぶつかり合うところだから、何よりとても疲れるのだ。

その疲れが心地よければ、それはきっといい現場であるということだろう。

五六　昼夜公演の間、劇場の椅子にかけて目を閉じてごらん。昼公演の興奮と余韻、夜公演への準備の音、その中にいるととても心地よいから。

父は本当に劇場を愛していた。いろいろな方に声をかけ、劇場を中心とした街作りをするという持論を展開し、本当に劇場を作ってしまった人もいた。

演劇を使って、街を活性化する。観ている方が目の前にいるという芝居の形式が、一番厳しく、しかし面白い、とても贅沢な芸術だと言い続けていた。

その素敵な芝居を上演する劇場を日本中に増やすことが、父の使命だというように、経営者や社長と名のつく人を見れば「劇場を作りませんか？」と話していた。演劇、芝居の力を心底信じていたのだろう。

そもそもこまつ座は父の故郷である、山形県東置賜郡中小松《やまがたけんひがしおきたまぐんなかこまつ》に作ろうとしていた。だからこまつ座という劇団名である。「そろそろ地方から中央へものを申してもいい時代ではないか！」と骨太に若い時から発信していたそうだ。劇場というのは無限に広がっている宇宙のようなところ。私が睡眠時間が取れないと嘆いていた時、「マー君、いいところがあるよ、そういう時は十分でもいいから、昼夜公演の劇場で目を閉じてごらん」と言ったので、すでに私も同じことをしていると伝えたら、「君も？」と言って喜んでいた。

五七　仕事に出かける前に、「今日はこのために行く」と確認して出かける。
なんとなく仕事をしない。なんとなく行ってしまうと、自分の立ち位置がわからない。立ち位置がわからないと、必要以上に笑ったり、ごまかそうとしたりしてしまう。


時は誰にとっても同じであり、どのように過ごすのかはまったく自由だ。私はこの仕事をするまでOLだった。OLといっても子どもを抱えたシングルマザーなので、一日の時間割は自分だけでは作れなかった。仮に予定を立てても、その予定は子どもの様子で急に変更しなければならず、突然狂う時がある。

そのために絶えず先々の仕事まで終えておく必要があると気が付いた。

何しろ、母親が働くとなると、不意の変更に備えて、リスク管理を自分でしなければならない。

子どもたちは大きくなり、ある程度自分の時間は戻ってきたが、その時の癖なのか、今でも今日一日の目標を頭の中で立ててから動く。

その話をした時に、父は「それはいい習慣である、実は自分もそうしてきた」とおおいに話が盛り上がった。

人生は決断の連続。人は毎日なんらかの小さな決断をしながら生きている。どういう一日にするかは自分が決定したことだ。人のせいにできないと思った瞬間から、時間の使い方がうまくなるようである。何も一日の単位の話ではない。

例えば会議に入る時も私はよくこのことを考える。事前に会議で何を話すか考え、それに対しての意見を考えておくべきだ。会議が始まってから用意するのでは遅すぎる。

五八　最後のいいところをお客様に持って行ってもらうため、作り手は熱くならない。常に同じ温度で淡々と仕事をする。作り手が熱すぎると受け取り手は冷めてしまう。

父はがんが発覚し、抗がん剤の投与を開始した時、書くことだけに集中していくと決心した。

こまつ座で起こっていること、家族の問題もすべて棚上げした。そのとばっちりをもろに受けた私には、そういう態度はとても無責任に見えた。しかしよく考えてみると、父は何より仕事に対して、そしてお客様に対しての責任を果たそうとしていたのではと思うように変化した。

「どうしても書かなくてはならない」という二作品に対し、責任と使命感を持ち、予定していたほかの戯曲を書くのを白紙にして、この二作品を書き上げることに取り組みたいと宣言した。その一つを書き始めると言われた時、私たち座員はとても喜んだ。

あまりの嬉しさに、仮チラシを作り、井上ひさしの新作の告知をするために動き出した。仮チラシには「新作決定」と大きく書かれ、その下にびっくりマークを大きく入れた。

校正刷りを見せると、父の顔はみるみる険しくなり、難しい顔になった。「びっくりマークは作り手の押し付けである。作り手がチラシを受け取るお客様より熱くなっては、受け取ったほうの熱は一気に冷めるだろう」と。

私は喜んでくれるとばかり思っていたので、あっけにとられた。嬉しいと無意識にそのことばかりに目がいってしまう。それを見事に見透かされたような気がした。それから私は常に自分に問いかける。「作り手が受け取り手より熱くなってないか?」と。

何よりも仕事において、内輪受けの雰囲気を醸し出していないか、送り手と受け手の立場が逆転していないか。とくに芝居は観る方が入ってこそ完成するものだから、そこだけはいつも冷静にと座員皆にそう言っていた。

五九　いくつになっても働くことが、社会のためになっていると思えれば、その年齢特有の知恵を発揮して気持ちよく暮らせる。

父はすべての病気や悩みの根源は、働くことに由来していると考えていたようだ。社会から必要とされていることが、人にとっては何よりの生きる意味になるのだと。日本ではある年齢から、高齢者ということで仕事を取り上げてしまう。もう一度この国が好きになるためにも、そこは要改善だと笑いながら言っていた。

会社に行くとうつになるという奇妙な病気が流行っていることにも、人は働くことを通してしか回復しないと父は思っていた節があり、社会の中でなってしまった病気は、結局、社会の中でしか癒せないと痛感していたようである。

私もどんなに身体がつらくても、仕事に出かけると、気持ちがまぎれる場合があった。一人で子どもを育てていた時期に、ひたすら働き、思い悩む時間すらなかったので、物事はとてもスムーズだった。常にお金がないという気持ちはあっても、それでも自分にはまだ仕事があるのだからと、それで悩みは終わっていた。

人は皆そうやって、自分を奮い立たせて社会に出ていくからこそ、病気にならずにすむのかもしれない。個人的には、若い人に勇気を与えてあげられるような高齢者になりたいと思っている。

あるとき「グリム童話の中に『寿命』という物語があるのを知っていますか」と言われた。

神様がある日、人間と動物を集めて寿命の会議をする。人間に与えられた寿命は本当は三十年しかなかった。ロバも三十年、犬と猿も三十年。人間はそれでは少ないと言い、ロバは重い荷物ばかり三十年も運ぶのはつらいから、十二年でいいと言い、後の十八年を人間にくれた。

犬や猿も寿命を神様に返してそれを人間がもらった。元々の人間の寿命の三十年はあっという間に楽しく過ぎていく。それ以降はロバの寿命であるからひたすら働く。その後は犬の寿命であるからひたすら家を守る、そしてその後は猿の寿命であるからキーキー泣くばかりだと。実は本当のグリム童話では猿は相手にされなくなるのだが、自分はそうは思わない。猿は頭がいいのだから、ひたすら頭を働かせる。そうやって七十年を生きられたらいいのにと。

六〇　新作は世に出た途端に古典になる。すでにある作品は、再演するたび新作以上の輝きを持つ。そこが井上戯曲の面白いところ。

こまつ座演劇の楽しいところ。だから新作にこだわることはない。

父ががんの宣告を受け、死んでしまったら、こまつ座の新作が生まれない。それでは劇団を続けていく意味がないのではないか、と思ったのだ。私はその思いをすべて父に言った。父の答えがこの言葉だった。

父親は相当な楽天家だなと同時に思った。父が他界し、再演するたびに新作以上の輝きを持つといった言葉は、嘘ではなかったと思い知った。今の時代の空気を見事に孕んで、調和する力があった。

芝居はかかわった人間皆それぞれが、少しずつ改良し、前よりももっといいものを作って、何度も上演していく。

演劇自体が、そういう体質を持っていることを父はわかっていたのだと思う。

そして、多くの作品の根底には「人はどう死んだのか」ということがある。それは「人はどう生きたのか」と同義語だ。普遍的な主題が織り込まれているから再演しても愛されるのだ。古典を古典のままで演じることも大切だが、それを新しく作り直すことが演劇に課された使命でもある。新しいものは必ず古いもののよさを孕むものだ。それはどんな仕事であっても同じである。

六一　井上戯曲に登場する人物の中に、自分とよく似た人物が必ずいるはず。それは観る年代によって変わるから面白い。

子どもの頃から井上芝居は全部観ている。観る年代が変わると感じ方はずいぶんと違うものだと痛感している。

父の芝居に出てくる登場人物はさまざまだが、どこか懐かしいというか、ごくごく普通に暮らしている人たちが出てくる。

その一人ひとりが、問題を抱えていて、普通ではない……。でも共通しているのは正直で一生懸命に生きていること。どんなに悲惨な状態でもがんばって生きているのだ。

そういう登場人物と自分の中の一所懸命な部分が、糸でつながれて奇蹟が起こる。そうなると芝居に深く入っていける。劇場を出る頃には、仲間を一人見つけたような気持ちになり、生きることに希望が出てくる。そういう人物が井上戯曲に隠れているからこそ、人は涙して劇場を後にするのであろう。

六二　責任を持つということは楽しいこと。

子どもの頃、責任を持つことが当たり前だと言われた。どうしてこうなったのかを説明しないとよく怒られた。自分がなぜそう思ったか、そうしてしまったか、責任を持てと。

それは人に対してではなく、自分に対してだ。自分が言ったことに責任を持てないのなら、自分に対しての裏切りだと言われた。

そういう育てられ方をしたので、私はどの仕事にも責任を持って取り組んできた。

シングルマザーという立場、しかも働ける時間が限られており、私はなかなか責任ある仕事をさせてもらえなかった。どんなに重要な仕事をしていても、時間がきたら最後までやらせてもらうこともなく帰された。そういう時代が長かったので、責任を持たされることは幸せだと思っている。もっと仕事をしたいと思っていた時に感じた悲しい気持ちをもう二度と味わいたくはないと思う。

今の時代、責任を持ちたくない人が多いと聞く。それを自らが選んでいるならともかく、もっと働きたい、もっと自分は働けるのにと思っているならば、思いきって責任を持って仕事をしたいとアプローチしたらいい。必ずその気持ちは通じるものだ。

六三　演劇関係者は楽観的な人が多い。

演劇界は懐が深いというのか、たくさんの仕事の役割分担があると言ったらいいのか、淘汰《とうた》されないというのが父の意見だった。

演劇界には有象無象《うぞうむぞう》の人がいて、仕事をあまりやらない人が何年も働いている。「でも、こういう人が演劇界には合っている」と。幕を開けるという一つの目的のためにどんな困難にも立ち向かっていく。

人に言われて落ち込んでしまうとか、人の評価を気にするために摩擦を避けていては、精神に支障をきたしてしまう。人との摩擦をエネルギーとする業種ゆえに、「何とかなるさ」と思っていないとできない。だから演劇関係者は楽天的な人が多い。

いつ天災がやってくるかもしれないし、考えれば考えるほど、生の公演は怖いことばかり。考え始めたらキリがない。最悪の事態は頭の隅っこに置く。

この生ものを扱う仕事に従事してみて思うのは、何を一番大切に考えるのかということに尽きる気がする。東北に未曽有の大地震が起きて津波が発生し、たくさんの方の命が奪われた時、東京で私たちは公演中だった。「こんな時に芝居をやっている場合ではない」とか「こういう時こそ劇場を空にしてはいけない」とかさまざまな意見があった。

出演者の意見も大きく分かれた。決断を迫られた時、私はある三つのことが侵されない限り芝居を続けると決めた。そのうち一つでもできないことが発生したら、すぐに公演を停止するつもりでいた。それによってもし、会社が立ち行かなくなっても仕方ないと諦めた。ただおろおろするだけでなく、自分が決めたこと以外では、何が起きても常に楽観的に物事を捉えること。それが真の楽観的なる意味だと思っている。

六四　海外の舞台をそのまま持ってきて上演するのではなく、そこに日本人らしい感性をプラスしていくのが、こまつ座音楽劇の役目。

父の口癖は、「明治からこっちは本質的には何も変わっていない」だった。それ以前の反動からか、文明開化と叫びながら、海外のものはすべていいという発想は今日も続いている。それが戦争に突入すると、海外のものはすべてダメと言葉まで変えられてしまう矛盾。国の体制が変われば私たちの日常が変わると嘆いていた。

ミュージカルを日本で上演する場合は、日本語で作るのだから、当然それはブロードウェイミュージカルやロンドンのミュージカルとは違う、日本のミュージカルであるべきだと話していた。

文化も違えば、役者の体型も違う。それを無視して外国のものをそのまま持ってきてしまうと、滑稽でどこか軽薄なものになると父は思っていた。

こまつ座の芝居は、日本語を使って音楽劇を作るという父なりの考えがあった。ごくまれに、「なぜセリフをしゃべっていたと思ったら、いきなり歌になるの? 不自然だ」と言う人もいる。これは父の挑戦である。父の日本語に対する愛情と、芝居に対する挑戦が潜んでいるのだ。言葉の延長線上に歌がある。だから歌いあげなくてもいい。歌がうまい人が必ずしも出ていなくていい、というこまつ座の一つの「型」がすでにできあがっている。

六五　あらゆることが便利になっていくが、人間関係を便利にする方法はない。

父は人が集まって一つのことをする集合体の力を信じた。それは演劇を信じるところにつながる。だからこそ芝居作りを愛していたのだと思う。

「これだけ便利なものが発達していると一見思いがちだけれど、実は人間関係はけっして便利になるものではない。だからメールでの確認はいいけれど、その前に会いに行くという基本を忘れてはいけない」と言われた。

実際父も頼みごとをする時は、必ず筋を通していた。人を飛び越えて仕事をしない。

人をきちんと立てる。「こんな当たり前のことですら、できないのか、君は！」と何度怒鳴られただろう。

「言葉だけではけっして人は人を信じたりしないのだ。行動によってのみ人は人を信じるものなのだ」と。何よりそういう人間になりたいという理想は持っていたようだ。

そして「たとえ紹介してくれただけの人であっても、必ずその人に会う時は、その紹介してくれた人に礼儀を尽くすこと。『あなたのおかげで、こういう仕事に発展しました。ありがとうございました』と言えるか、それで後々、差がつくからね。そういう義理を通さない人はどこに行っても結局同じだ」と大変厳しかった。

私はその言葉を忘れて行動したことはないのだが、あまりにも最近それを飛び越えて仕事をする人が増えたのを怖く思っている。

六六　「あいつに行ってもらえれば安心だ」と言われるような人間になれ。

頼りたくなる人がどれだけいるのだろうか。信じられる人間が周りにいる人は、とても幸せである。働く以上、「安心だ」と言われる人間になってほしいと父は思っていた。

そう言われる人は、毎日の積み重ねができているとも言っていた。

仕事仲間を大事にせず、自分勝手なことばかり言っている人には大事な仕事は任せられない。信頼というのは簡単に手に入れられないし、一人で築けるものでもない。

いかに世の中で揉まれても、どのように対応してきたのかが結果につながる。いざという時にそれまでの経験が発揮される。残念ながら、いつ発揮できるかはわからない。ただそういう人にはふさわしい舞台がいつしか必ず揃うものだという。その時のために、日々を精一杯に生きる。

あいつが行ったから心配だと言われるよりは、あいつに行ってもらえれば安心だと言われたほうがいいに決まっている。逆に「あいつが行くと大ごとになるから、行かせるなという場合もあるぞ」と父は言っていた。

いつもその言葉を頭に入れて仕事をしている。

六七　相手のスキを見つけては文句をつける『クレーム社会』は考えものだ。

学校や職場、そして家庭でも、クレームという名の不思議な現象が起きている。父はこれを想像力の欠如だと私に説明した。自分だけの感情を相手にとりあえず伝える。言葉がどんどん安売りされていく。

昔から日本人が持っていた「察する」ということがどんどん消えていくのではないか。解決策を案ずる前にクレームをつける人が増えたらどうするのだろうかと心配していた。こまつ座においても同じことが言える。

お客様と接するので、いろいろなトラブルは起こり得る。そんな時は、本当にお客様が心から声を発しているのか、単なる八つ当たりなのか見極めたい。もし見当違いのクレームならば、毅然と戦いたいと思っている。

ある時、雨が降っているのは劇団のせいだと言われた。雨が降るとわかっていながら、芝居を上演するとはどういうことだと怒っていた。チケットを忘れたのも、私たちのせいだと言った人もいた。

先日、仕事を終えてタクシーに乗った。チケットは、メーターの金額を書いて運転手に渡すことになっている。仕事先からも「金額を書き込んでください」と厳しく言われていた。いざ降りる時になり、「金額を書き込みますね」と言うと、タクシーの運転手が自分を信じていないと怒り出した。私はその仕事先に礼を尽くしているだけだと思って、金額を書き込み、車を降りた。

なぜあんなにタクシーの運転手が怒ったのか謎である。気持ちよく仕事をするためにルールはきちんと守ったほうがいい。この世の中はそれぞれのルールで成り立っているのだが、最近はそのルールが崩れてきている。

六八　世界中が開拓されて、それでも常に高度成長をしていなければならない制度など、問題があるに決まっている。

父はイタリアのボローニャという街が大好きだった。今や東欧からの移民が多く失業率も高いばかりか、落書きもいたるところに描かれたままになっている。

父にボローニャの何が好きなのかを尋ねた。

「演劇で活性化したモデルケースにもなる街」「ナチスドイツの侵攻を市民の力で食い止めたレジスタンスの街」「協同組合を支援する街」「素晴らしい大学がある街」――それは数えきれないと言わんばかりに語ってくれた。

どうやら父が一番気に入っているのは、古いものを新しく使う方法を会得している街だからだった。見た目は煉瓦《れんが》工場だが、中は博物館になっていたり、城跡だけれど図書館だったりする。その博物館も図書館もすべてハイテクのシステムを採用しており、中に入ると外の景観との違いに驚きを通り越して感動すら覚えたという。

「どうして日本は歴史ある建物を有効的に利用しないのだろう」と。

凶悪事件を引き起こす年齢が下がっていることも、子どもにどう接していいのかわからない親も、脳が疲れてしまっている若者も、もしかしたら歴史の感じられない景観がもたらす現代病なのかもしれない。歴史ある建物が残っているということは、そこに生活していた人も同時に感じられるのだ。自分たちよりも前に生きた人がいて、その人たちの生活が染み込んだ街並みに人間の歴史を感じる。今はそんな当たり前のことすら、考えないで街並みが壊されていく。

六九　何事も基本形を作ることが大事。

シェイクスピアにしてもチェーホフにしても毎年新しい解釈のもとで、たくさんの劇団が上演を重ねている。「どうしてそうなのか？」と父に尋ねたら、「そこに型があるから、新しい解釈や視点が生まれる。型がなければ、壊せない」と嬉しそうに言った。「この世を自分が去った後、型を作ってくれないと芝居は後世に遺すことができない。なぜって芝居はやり続けていくから残っていくのですから」と。

その時私は、作家というのは自分の死などなんら怖くないのだと思った。それを後世に伝えることができるとわかった時から、永遠の命は作品に織り込まれたのだ。そのことを父はよくわかっていたのだ。

「自分亡き後のこまつ座は、井上ひさしの型作りという大切な任務がある」と言われた。

いずれ井上戯曲を若い世代の人が上演する時に、こまつ座の型というものが井上戯曲の型にならなければいけない。それがなくなってしまったら、芝居は独り歩きをしてしまうだろう。井上芝居を理解してくれる演出家と作り上げたものを、一つの型としてほしい。その作業にざっと十年はかかるだろう。

死後のことまで淡々と話す父は楽しそうにウキウキした声だった。

自分が生み出した戯曲を次の世に遺していくために、父はこまつ座を立ち上げた。父がいなくなったらなくなるだろうと思っていたこまつ座だが、新たに存続の使命を確認した。

プロデューサーは無名な人を有名にし、無形なものを有形にする。人から人にリレーして、井上芝居の型を作り上げるのだから、何か言う時はこれ以上考えつかないくらいに考えて、人から言われたらグラつくことがないように、バーンと言うこと。

七〇　新しいものを古く、古いものを新しく。

父と約束したことの一つに、もし今抱えている問題の壁を乗り越えられたら、私の好きな場所へ行かせてもらうということがあった。その場所はボローニャではどうかと言っていた。私はそんな父の言葉を信じて、まだ見ぬ憧れの地へ思いを馳せていた時期がある。父の愛したボローニャの街の中に、こまつ座の未来もあるような気がしたのにはわけがあったのだ。

「新しいものを古く、古いものを新しく、そうとびきり新しくして世に出し直す。結局は作品というのはそんな風にしてまた新たな命をもらうもの。とくに戯曲は上演されなくてはかわいそうだ。上演されたくてこの世に送り出したのだから」と言っていた。

どの時代にどの作品を上演するのか、どういうやり方でやっていくのか、考えているとワクワクするらしい。その作品を観ると、それが書かれていた時代と今現在とが一瞬、同じ線の上に並んで見える瞬間がある。そうやってその作品が勝手に過去から現在に見事に変貌を遂げていくのだと言った。

「とびきり新しく」と言った時の父の嬉しそうな声はなんと表現したらいいかわからない。

その後、「とびきりってどのくらい新しいの？」という私の質問には、「それは君が考えなさい」とあっけなく突き放された。

七一　仕事は先手。後手に回ったらかき回される。

「仕事は先手。後手に回った瞬間からずっと後手役を言いつかり、そのままの関係性が根付いてしまうから、基本的に先手でやりなさい」と父に言われた。

受け身の強さというのもあるのでは？　と反論すると、父は即答で、「仕事において、それはあり得ない」とキツイ口調で返事をくれた。

「ただ、実は先手をいつも仕掛けているのだが、後手に回る余裕を持つ。そういう人が理想なのではないかな」と言う。

いいことがあっても大喜びするわけではない、大変なことがあっても、それを口にすることもない。

泰然とした態度でいるのが、実は一番大事なのだと。

七二　過去（整理）現在（対応）未来（希望計画）という
タイムスケジュールを整理する。

父は大変有能なこまつ座のプロデューサーで、企画だけでなく、モノを整理する上でも、あれだけ几帳面な人はいないのではないかと思うほどだった。とにかく順序立ててきれいに整える。

私はあらゆるものが混沌とした中で進み、後先考えず行動を起こしたりする。反省もせずにひたすら前に進もうとする姿を見て、父はタイムスケジュールを立てることを推奨してくれた。

モノも感情もきちんと整理する。現在において対応に困った時、過去から何かを学んで解決していく。未来を語るために過去をきちんと踏まえておくことを怠ると、未来は非常に危ない土台を持つことになる、とよく警告された。

時間に追われているから、過去の整理がなかなかできないと言うと、それは言い訳だと怒られた。

現在の対応をする時に、過去の整理を同時にすれば、整理し忘れることがない。常に過去と現在は共鳴しているのだと。タイムスケジュールをきちんと頭に入れておくことを毎日の宿題とされた。

未来はすべて過去の中に答えを持っているのだ。まず過去から学ぶこと。それ以外人間の学ぶ道はない。

七三　どの仕事でも、いい仕事は人と人をつなげる。

　先日、とても嬉しかったことがあった。父が元気だった頃に「いつか一緒に仕事をしましょうと約束していた」と言う人と仕事をさせてもらった。

「『いつか』と思っていたら、井上さんが死んでしまった。ああ、もう一緒に仕事ができないなと思っていたから、娘さんと一緒に仕事をするなんて思ってもいなかった」と言われた。

　いい仕事はあの世とこの世の境なく、人と人をつなげているのだと確信した瞬間だ。父の言っていたことは本当だった。

「井上さんは律儀な人だし、約束を守る人だった」と言われて嬉しかった。

「自分だけが知り合いになろうなんて思うんじゃない。紹介してもらい、つなげてもらったら、そのご恩は忘れない」。父はそう言って、義理を通す人でもあった。

　いくらつなげようと思っていても、つながっていかない場合もある。すると人と人を紹介することを躊躇することもあるだろう。でも、紹介してつないでいったほうが、確実に世界は広がる。

七四　大きなことを小さく処理する。

父は仕事で経験しそうなあらゆる状況を想像した上で、「こういう場合はどうする？」「こういう場合は何を？」と抜き打ちテストのような押し問答をしては私を緊張させた。

この押し問答が嫌いだったが、そのうち父の荒削りなやり方に慣れてきた。

マイナスのことを考えて危機管理をするのではなく、想定されるトラブルをテストのように問われると、何か解決できるような気がしてくる。

「もし演出家が、それはできないと言ったら、君はどう切り返して、何とかやってもらえる方向に持っていくのか？」とか、「○○と○○のどちらにも同じような時間に行かなくてはならないとしたら、君は一日のスケジュールをどう組み直し、それをどのようにして納得させるのか？」などいきなり質問をされる。

「世の中には本当に小さなことを大きくしてしまう人がいる。こういう時は元の大きさに戻るまで、忍の一字でほうっておく。実際はこういう人のほうが多いんだけどね」と言った。

ほうっておいて手遅れになるのも怖いが、騒ぎ立ててことを大きくしてしまうのもいただけない。その見極めは結局、自分でするしかないのだ。

芝居の制作は大きな出来事が起こった時、それを最大限小さな問題として解決する、けっして大騒ぎするなと釘を刺された。

七五　経営者の務め。それは、心身ともに健やかであること。

私は幼い頃から身体が強いほうではなかった。またよく怪我をした。一人で子どもを育てるようになってから、俄然《がぜん》健康になった。

父は夜中に電話をかけてくると、必ず、「今日は五分だけいい？」とか、「三十分だけいい？」と聞く。その後に、申し訳ない思いをさせていると謝られた。その当時、こまつ座はあらゆる意味で大変だったから、身体を壊していないかどうかを心配する言葉から電話が始まる。

こまつ座の現状、稽古場の様子、旅公演の様子、演劇論、人生論などを話し始めると、三十分どころか四時間、五時間以上も話すことになる。そして電話を切る時にも、身体の具合を聞くのが儀式になっていた。電話を切る間際に、「君の大切な睡眠時間を削ってしまって本当に悪かった」と言うのである。

睡眠がいかに大事かを父から聞いた後に謝りの言葉が続き、さらに時間は延びていく。この父の気遣いは最後まで変わらなかった。

父が死んだ翌日に、父の家から帰る時、外階段から続いた小さな崖から落ちて膝を強打した。しばらく起き上がれず、その場でうずくまっていた。四月初めの朝五時の鎌倉はまだ薄暗く、周りに人影もない。ひどく正気を失っていたのかもしれない。何とか起き上がり、歩き始めた。その時は痛みも感じていなかった。

それよりも父の死をどのように大切な人に伝えていくのか考えることで頭がいっぱいだった。そして父が望んだとおりに、こまつ座は運営していけるのか、不安が襲ってくる。

何よりも、今日この後の段取りはどうするのかが頭から離れず、悲しみすら感じなかった。膝がどんな状況か、まったく気持ちがいかなかった。

駅まで歩き、コンビニエンスストアに入った。店のお兄さんが駆け寄ってきて、「喧嘩ですか!?　それとも何かあったんですか!?」と聞かれた。ガラスに映った顔は傷だらけである。どうやら足だけではなく、顔もぶつけたらしい。膝を見るとストッキングが破れ、血がにじんでいた。

あれから五年がたつ。痛めた膝はとうとう曲がらなくなり、足だけ一気に歳をとったようになってしまった。治療しないとそのうち歩けなくなると言われつつ、仕事をしている。

「経営者が遊んでいる会社は、実はいい会社なんだ」と父が言ったのは本当だ。身体も大切だが、心まで病むわけにはいかない。

七六　裏の揉めごとは、すべて観客はお見通しだ、慢心せず改めよ。

こまつ座の理念は、芝居を通してユートピアを実現させることにほかならない。そのユートピアの中に、小さな宇宙を創り出すことができるのが芝居だと定義している。父にとって、芝居はとても素晴らしいものだった。芝居においてのみ、圧倒的な信頼を持っていたのだと思う。

そして観てくださる人と舞台が一体となると、そこは永遠の宇宙になると信じて疑わなかった。

「舞台ではすべてが表。裏であったことはすべて観ている人に筒抜け」、つまり宇宙の前ではどんなことも見透かされることを教えられた言葉だ。

お客様と一体になるためには、かかわった人すべてが気持ちよく、心を寄せていなくてはならない。

いくらいい芝居を作っても、裏がうまくいっていなければ、それはお客様に伝わってしまう。「お客様は何でもお見通しだよ」とよく言われた。

だから気持ちよく仕事をしてもらいたいと思う。かかわった人が皆楽しまないと、人を楽しませる芝居はできない。喧嘩してもいい、ただその後に皆が同じ方向を見て進むことが大切である。これは家族でも仕事でも、必要なことである。

七七　忙しい時こそ、映画を観て本を読め。

映画好きだった父のおかげで、たくさんの映画やビデオを観て育った。

父に薦められた映画は何度も観た。ケン・ラッセルの『ボーイフレンド』は一番のお気に入り。映画を作る映画で、芝居にありそうな設定と展開が、いかにも父の好きそうな話だ。

『素晴らしき哉《かな》、人生！』『リリー』『巴里のアメリカ人』『四十二番街』、チャップリン、マルクスブラザーズ、ヒッチコック、黒澤明。あまりに膨大な数を観たので将来は映画監督になるか、野球解説者になるか真剣に悩んだものだ。たいていのことは映画から学んだと言ってもいいかもしれない。学校にあまり行かなかった私にとって、映画は家庭教師のような存在だった。

父と最後に観に行ったのは、『バック・トゥ・ザ・フューチャー』だった。あれは、たしか母が家から出ていってしまった後で、父はひどく気落ちしていた時だった。父の淋《さび》しそうな後ろ姿が忘れられなかった。あんな淋しそうな後ろ姿を見たのは、あれが最初で最後だろう。

高校生の時、日比谷の映画館が閉館するというので、連日、昔の大作を上演するという夢のような企画があった。その時、父と映画を観て、帰り道にカレー屋に入った。黙ってカレーを食べていた父が、いきなり映画を真似て「キープスマイル」と言った。そのセリフは泣いている娘に父親が泣いてはいけないよと言う古きよきアメリカ映画のワン・シーン。そしていつも映画館を後にする時「キープスマイル」と自分で言うことにしている。忙しい時はフラッと映画館に行く。この癖は確実に父から受け継いだと思われる。

第三章　父を訪ねてボローニャへ

こまつ座を引き継ぐことになって、父の戯曲、小説、随筆などの作品をじっくり読み直した。その中に『ボローニャ紀行』という父がボローニャを旅した時の本があり、これには父の生き方のエッセンスが詰まっていた。

「誰しも自分の大切な日常を守ることができる。そのためには、自分の今いる場所を、もっとよくすることだ」と書いてあった。「自分のいる場所を最高の場所にする」、そして「自分の日常を大切にする」。この本を読んでいると父と夜中に電話で話した時のことが思い出される。

父の身体はなくなっても、魂というものが残るのならば、その魂に救われるとか、気付かされることが現実に起きる、と思わずにはいられない出来事を体験した。

けっして仲良くはなかったけれど、最期には大きなところでわかり合うことができた私たち父娘が、ある国のあるところで時空を超えて、さらに理解を深めたのである。そう、その場所とは、イタリアの小都市ボローニャである。この都市部だけで人口約三十八万人の街に父は恋い焦がれた。

NHKの「井上ひさしのボローニャ日記」という番組で、父は二〇〇四年にボローニヤを訪れた。三十年間あたためてきた理想の街を、今まで調べたことが正しいのかどうか確認する旅だったようである。

番組の中で大きな取材ノートを抱えながら、嬉々として街を歩く姿は少年のようである。取材ノートには父が感じたことなどが丁寧に書き込まれ、時にはイラスト入りである。もらった資料も貼ってあり、最終的に三十センチぐらいの厚さになっていた。

このテレビ番組の副産物として書いた本が『ボローニャ紀行』で、これは父の世の中に対する最後の手紙だと私は思っている。そして、この本は井上ひさし版の人生讃歌なのだと気が付いた。

なぜ父がボローニャを愛していたのか。主な理由は次の三つだと思う。

一つ目は、演劇の力で街を活性化したモデルの地であること。

二つ目は、ナチ侵攻の際、市民が力を合わせて阻止したこと。

三つ目は、志を持った人たちで社会的協同組合を作ったこと。

父の愛した街は、古い建物の外側はそのままに、中を徹底的に新しくして再利用している。新しいものを作るためには、古いものからやり方を学ぶことを徹底している。

私はそこに、新しいこまつ座の姿を見たような気がした。また、自分自身にもそれは言えると思った。人生とはその連続であり、過去と現在はつながっている。今を懸命に生きなければ未来にはつながらないのだ。

そんなことを考え、私もボローニャという街に触れたいと思っていた気持ちが通じたのか、父の足跡をたどるテレビの仕事として訪れる機会が巡ってきた。父からの贈り物に違いないと思う出来事の一つである。

私は父のボローニャ訪問から七年後に初めて訪ねた。移民のホームレスも多く、政治不信、経済の危機、それによる治安の悪さ、その理想がずいぶん変わっていることに気が付いた。私のテレビの撮影もデモのために何度も中断された。

しかしこの街はどんなことがあっても、自力で復活できるモデルを持っている。それが最大の強みである。過去に培ったものが未来に生かせる素晴らしさを知っている。ボローニャはそれを形にし、実践している街。それが希望というものだと、父とは違ったボローニャを見ることができそうだと思った。

私は今までまったく興味のなかった父の「個」としての姿を感じたくなった。こまつ座という井上ひさしの芝居だけを上演する劇団の運営を任されて、三年がたとうとしていた時である。

父の片腕だった人の死、家族との確執、そして東日本大震災、放射能漏れの原発。小さな企業体であるこまつ座は世間の荒波をまともに受けた。劇団運営は非常に困難であった。何度も「これ以上は無理だ」と心で叫んだ。

今回、ボローニャを訪れるにあたって、私は生意気にもプロデューサーにお願いした。

「ただのセンチメンタルジャーニーにしたくない。何か演劇の力を発揮できることがやりたい」と。こまつ座の私にしかできないことをしたいと強く思った。

父の代表作の一つに『父と暮せば』という作品がある。これは六ヵ国語に翻訳されており、幸いにもイタリア語に訳されている。そうだ、この作品ならば現地でワークショップが開けるかもしれない。そんなことが閃《ひらめ》いた。

時を止めた風景

私のボローニャの一日目は、街の一番の目印になっている九十七・六メートルの高さを誇るアシネッリ塔からスタートした。

昔々、権力の象徴として建てられたとか、中世に豪族や貴族が街の防衛のために建てたとか、複数の説があるそうだ。

塔の内部には四百九十八段の木の階段が頂上まで続いている。この階段は、段差の激しいところもあれば、そうでもないところもある。さらに観光客の靴によって、すり減って斜めになっているところがたくさんある。多くの人が訪れ、どれだけの年月がたったのか、階段が物語っていた。

登るのは大変だが、「父の街」であるボローニャを一望できる機会を逃すわけにはいかず、ひたすら上がっていった。意外と小さな頂上の展望台入口を抜けると、そこはもう時を止めたままの赤一色の世界。

「古いものをどんどん壊し、新しいものをどんどん作ってしまう国からきた旅人」と、七年前にボローニャを旅した父は言った。もちろん、「古いものをどんどん壊す国」というのは日本のことである。塔の上から景色を見た時、私は父が理想としていた「古いものをそのまま今の時代に生かす」ということが、見事に花開いていると何の説明を聞かなくても理解できた。父の取材ノートに記されていた言葉を借りるが、「困難が生まれたら、過去から学ぶ」ということも受け止められた気がした。

残念ながら、高所恐怖症の父はこの塔に登っていない。この赤い景色の一つひとつの中で、人は生まれ、育ち、そして恋をしたり、感動したり、悲しんだり、苦しんだりして一生を終える。その日常の営みが、この美しい中世の街で行われていく。

父が当時感動したという、ホームレスによるホームレスのための新聞『ピアッツァ・グランデ』も今はイタリア人ホームレスではなく、移民のホームレスたちが売っている。父の好きだった街も少しずつ形を変えていた。

いつだったか私は父に、「人間にとって一番悲しいことはなんですか？」と尋ねた。「それは社会に参加していないと感じることだ」という答えが返ってきた。「人はいくつになっても、社会に参加していなくてはいけないし、国はその仕組みを作るべきなのだ」と。ボローニャは、ホームレス以外にも障害者の支援など社会参加の仕組みを工夫しているところである。

父が一番関心を示していた場所がコーパップスとイル・モンテだ。コーパップスとは、障害者たちの社会教育農園であり、そこで生産したものを売り、その利益で生活（自立支援）している協同組合である。イル・モンテは教育農園で穫れた食材を生かした、営利も兼ねる山の上のレストランである。ここの組合のロレンツォ・サンドリさんが言うには、障害者だからといって農園をただで貸してもらっているわけではなく、きちんと自分たちで働いたお金で土地を借りているそうだ。助けてくれるスタッフはいるが、障害者も働いている。当たり前だが皆が生活者なのだ。そしてそれを支える国の姿があったと父は語っていた。そこには父の最も好きな形があった。それを父は確認したかったのではなかったか。

ボローニャで井上芝居を上演

ボローニャ在住のマッシモ・マキャベリさんは、フラテルナル劇団を主宰している。父がボローニャを訪れた時、マッシモさんたちはちょうどホームレスの人を交えてのワークショップの最中だった。

父は自分が戯曲を書いていることをマッシモさんに伝えなかった。何かものを書いているとは言っていたけれど、まさかそれが戯曲だとも、七十作品以上を書いているとも、一言も言わなかったそうだ。

かつてホームレスだったマッシモさんは、演劇のワークショップに参加したことが大きなきっかけとなり、どん底生活から抜け出せた。今度は彼がそのワークショップを主宰して、イタリアの伝統的な仮面を使った喜劇、コンメディア・デッラルテでホームレスのためのワークショップを行い、自主公演もする劇団を作った。

今回、私が日本を発つ前に朗報をもたらしてくれたのはマッシモさんである。井上ひさしの戯曲『父と暮せば』をフラテルナル劇団が上演しようと言ってくれたのだ。当初はこぢんまりしたワークショップを開ければそれでいい。それができなければ、朗読でもいいと思っていたのに、公演をしてくれると聞いてとても嬉しかった。

しかもそこは文化で街を再生させたボローニャである。さらにボローニャ市がこの公演に力を貸してくださるという。「ボローニャを愛した日本の作家・劇作家の井上ひさしのために、ボローニャ市は協力を惜しまない」と言われた。

ボローニャが演劇に対して寛大なのには理由がある。この街にはヨーロッパ最古の大学、ボローニャ大学がある。ここの哲学科教授であり、作家でもあったウンベルト・エーコは、愛するボローニャの街をさらに活性化するために演劇の力が必要だと考えた。

なぜ演劇かと言えば、たくさんの力が集まらないと成立しないものに目をつけたのではなかろうか。

エーコが市民や有識者と話し合い、ローマからダリオ・フォー（喜劇役者）を招致したのは一九七〇年代のこと。このボローニャを「演劇都市」とすることに力を入れたのだ。その歴史が今も息づいている。

イタリア版『父と暮せば』

この『父と暮せば』という作品は、原爆投下から三年たったヒロシマが舞台である。父を見殺しにしてしまったと思い込み、幸せになってはいけないと思う自分と、幸せになりたいと願う自分との間で揺れ動く娘・美津江の心を描いている。「幸せになりたい自分」の応援団長として出てきたのは、被爆して死んでしまった父・竹造《たけぞう》だ。その父に励まされ、娘は幸せになる道を探す。

この芝居の上演に向けて、現場は大変だった。敗戦から三年後のヒロシマという設定を、外国人である彼らがどう捉えるか、そして広島の方言という言葉の壁はどうするのか。あたたかみのあるヒロシマ言葉なくして、この芝居の持つよさを発揮できるものなのか。

何よりもびっくりしたのが、父娘の情の表現だ。何事にも控えめな日本の美津江に対して、イタリアの美津江はエキセントリックであるのは否めない。突然、父の前で水浴びをしようとしたり、四回も衣裳替えをしたり……。エキセントリックな娘に対して、父親が感情をむき出しにするシーンが多い。はたしてこれで父娘の情感が伝わるのだろうか、と稽古中はずっと心配だった。

けれど、「現在を懸命に生きて、未来を拓いて進むためには過去に学ぶ」というこの芝居の原点と、父の愛したボローニャの精神がとても近いと感じ始めてから、エキセントリックなイタリア人の父娘が愛おしくてしようがなくなった。

この芝居を上演することが、私がボローニャに来た意味であると確信した時から、そう心が変化していったようである。イタリア人の感情表現は日本人とは違うのだから、それはそれで楽しんだ。一つの芝居を作るためにスタッフなど、たくさんの人々を巻き込んで進んでいく芝居作りの過程には国境はなかった。

『父と暮せば』の死者である父親と「生」溢れる娘との会話は、いつしか父と私自身との会話となっていく。父がいなくなって過ぎていった日々の思いは、「おとったん、この三年は困難の三年じゃったです。何とか生きてきたことだけでもほめてやってちょんだい」という台詞に重なっていた。この台詞がある三場は、私のとくに好きな場である。稽古場で私はこの台詞をずっと思い出していた。

稽古はテレビのロケと並行して行われていたので、滞在中は、ほとんど稽古を見た後に取材をしていたことになる。どの取材をしていても、ボローニャが発祥の地と言われるスパゲティボロネーゼを食べていても、片時も稽古の様子を忘れなかった。それは日本でも同じだと思いながら、父の言葉を思い出していた。

イタリア人の演じる父娘も日に日に成長した。そして公演は大成功した。

ある人はこの芝居を、「さすがはイタリア、あの『父と暮せば』が、叙情的なオペラのように感じられました」と言ってくださった。なるほど、そのとおりだ。

ピエタが訴えてきた

私はこの時、ボローニャに二週間滞在した（二〇一一年十月）。

まとまった時間があったのも、父のことやこまつ座のことを考えるのには都合がよかった。仕事からも子どもからも離れた時間の中で、やっと自分の内面を見つめた。父の死から約一年半たっていたが、まだ「死」を直視できていなかった。

父の死というのは、私の中では仕事の一部だった。こまつ座の今後のこと、社員の給料、ランニングコスト、公演の決定と交渉など、次から次に仕事が湧き出てくる。処理しなければならないことに追われた。父が死んだというのに寂しさの感覚もわからなかった。三日も寝ずに仕事をさばかなければならない状態だったからだ。

父の死に涙一つ浮かべられなかった不自然さ、涙を流すべき時に流していないしこり、そしてずっと感じていた孤独が、私の中に大きく居座ったままだった。

サンタ・マリア・デッラ・ヴィータ教会のピエタ像の前に立った時、父が一緒にいてくれるような感覚がした。ニッコロ・デッラルカ作の「死せるキリストへの哀悼」は、冷たくなったイエスの遺骸を取り囲むように聖母マリア、福音書記者ヨハネ、マグダラのマリアなど六人が配置されている。

死んで間もないイエス・キリストは、まだ硬直もなく、まるで眠っているようだ。

中央の聖母マリアの嘆き、急を聞き駆けつけたマグダラのマリアの風になびく衣と迫真の表情。緊迫した様子が、手の動きや形にも表現されている。今にもイエスの前で泣き崩れるような勢いがある。こんなに迫力があり、動き出しそうな、泣き出しそうな、悲鳴が聞こえてきそうなピエタは見たことがない。

ピエタを見た時に、父と私のタイムラグが縮んだ。すっと、同時代、同時間に父といるような感覚になった。キリストが生から死に移った姿が重なったのだろうか。

父は最後の息をした後、静かに生から死へ移行したと感じた。その時に、父というものを初めて私の中に受け入れられた気がした。生と死は延長線上にあり、「移行した」という感じを強く持ったと同時に、私につながった。

昔、この教会には病院が併設されていて、常に死と隣り合わせの場所だった。死にゆくものと生き残るものが同時に存在したその場所に、この生々しいピエタはあるのだ。ロケの合間を見つけてはサンタ・マリア・デッラ・ヴィータ教会に通った。必ずピエタの前に立つ。そして教会の中でろうそくに灯をともし、祈りをささげる人を見るとはなしに見た。

教会を訪れる人によって、小さくなったろうそくの炎は、次の新しいろうそくに移された。その光景を見て、人生はこの連続だと思った。

すると、ろうそくの炎が私に訴えてきた。誰かが、亡くなった人の中核をろうそくに移す作業を行う。それは淡々と、かつ脈々と行われていくのだと。

つまり父が遺したものを、次の世代につなげていくのが私の仕事だと認識できた。私はこれから先、父の戯曲をなぞるだけではなく、新しいものに変え続ける役目を担っている。

父が理想としたものの中にこまつ座がある。こまつ座もボローニャと同様に、時代を経て、そぐわなくなる時がくるだろう。

父のデビューから四十五年以上たち、演劇という形はそのままにし、いかに新しく世に問うかが、これから私の進む道だとはっきり見えた。

今後は誰のせいにもできない。私はこまつ座の仕事を、責任を持ってやっていくと覚悟した。私の意思表示の旅であり、覚悟の旅だと確信した。

キリストという拠りどころ

もうひとつ、大きな気付きがあった。父とキリスト教の関係だ。父は技法としてキリスト教を使ったのだと思う。孤児院で育ち、六年間カナダ人の宣教師に育てられ、洗礼まで受けた。父の身体の中には、否応なくキリスト教が入っている。父はキリスト教を作品に反映していたのだとはっきりわかった。

生誕七十七年を記念して、〝井上ひさし生誕77フェスティバル2012〟と銘打ち、二〇一二年の一年を通して、八作品を上演した。その最初の公演が『十一ぴきのネコ』だった。私は理解を深めたい、細部まで頭に入れたいという思いから、何度か読み直したのがボローニャに旅立つ直前だった。

『十一ぴきのネコ』をホテルの部屋で思い返していると、「にゃん太郎ってキリストだ」とわかった。キリストの生涯だ。歌にも意味があるし、マリアの役目も、裏切り者の役目も見えてきた。これは父が、キリストの生涯を猫で表現した作品に違いなかった。

すると、『ムサシ』もそうだとわかってきた。

父が生きていた時に『ムサシ』をニューヨークに正式招聘《しょうへい》したいという申し出があ

り、実現に向けて準備をしていた。父はニューヨークに行くはずだったが、がんと診断され、治療に専念することになった。そのため、父から私が現地に行くように言われたのだ。

リンカーンセンターの中で上演するのは演劇人の夢だから、その時に限り、カット台本を許すことにした。台本をカットしたのが、父の最後の仕事となってしまった。残念ながら、二〇一〇年六月のニューヨーク公演に間に合わず、四月初めにこの世を去った。

『ムサシ』は鎌倉の禅寺を舞台にし、武蔵と小次郎がそれぞれの道を歩み出す話である。『ニューヨークタイムズ』の劇評で、「この話は私たちアメリカ人にはよく理解できるものである。なぜならば、井上ひさしの中にあるクリスチャンとしての精神が、非常に色濃く出た作品だからだ」と書かれていた。

これを一読した時は何を言っているのだろうと思ったが、キリスト教の視点で見てみるとわかってきた。幼い頃から父に聖書は読むべきだと言われて育ったのが役に立った。そういう私の受け止め方があったので、サンタ・マリア・デッラ・ヴィータ教会のピエタを前にした時、父が書こうとしていたものが見えた気がした。

父はキリスト教の教えに色濃く洗脳された作家だと納得できた。作品を書く過程で、キリストを拠りどころとして求めていたのだ。

私の使命

ボローニャで一日の撮影が終わり、ホテルの部屋に一人でいると、とても悲しくなった。そして、焦らずにはいられない気持ちがこみ上げてきた。

父が命に代えて守ろうとしたこまつ座を引き受け、社長になった瞬間から、私にはお給料を出さなければいけない社員とその家族がいた。とてもほかのことを考えてはいられなかった。

後に姉たち、母からさまざまな苦情を言われたが、父ががんに倒れてからはこまつ座存続のことで必死だった。自分のことはもちろん、娘のことすら考えられない状態だった。私の頭はいつもこまつ座のことでいっぱいだったのだ。ボローニャのホテルで、家族のこと、父の死の前後のことを思い巡らし、考えていた。すると悲しみと不安が襲ってくる。

「本当に仕事をするのは一人なんだよ」という父の言葉を思い出し、「孤独は当たり前だよ。人間はみんな孤独なんだ」と言われた気がした。

私は死後の世界を信じている。私が死ぬ時は、父が迎えにきてくれると思っている。父に会った時に、「がんばったね。よくやった」と褒めてもらえるように生きていきたい。

あの世では、父はいろいろな虚勢、自分をごまかしていたこと、逃げてきたことに直面しているはずだ。だから、父は私が自分の信念を通そうとしていることを理解してくれると思った。

すると、気持ちが穏やかになり、何も怖くなくなった。つらくても、この孤独は甘んじて受けなければならないと思えた。やってやるぞ、と力がみなぎってきた。

ボローニャで自分の内面と真摯に向き合うことができたのは、とても大きな収穫だった。とにかく父との葛藤があったから、確執が大きかったから、しかも長かったからこそ、見えてきたものだった。

父が生きていて断絶していたあの時を思えば、今、こまつ座で働ける感謝の気持ちや喜びのほうが、孤独よりもはるかに勝っていた。その孤独すらも超える喜びである。

こまつ座は、私のふるさとでもある。父と母がキラキラ輝いていて、ともに戦って築いてきた大切なものだから、私はこだわっている。

小説であろうと戯曲であろうと随筆であろうと、井上ひさしが信念を通して書いた作品のテーマはつながっている。私だけではなく、多くの読者が、父の作品から生きるメッセージをもらっている。父の戯曲を上演し続け、どのようにして世に問い直すかが、父から継承した私の仕事である。

ボローニャで父と対峙し、生きる勇気と進む力をもらった。

再会のような新しい出会い

　私がボローニャに来て、この街で出会い、父に一番近づけたと感じた人たちがいる。彼らは私の中にどうしようもない懐かしさを込み上げさせた。その一人はかつて工業学校の校長を務め、ボローニャの産業博物館の館長さんでもあった人である。名前をセディオーリ先生という。年がら年中、冗談を言いながら真面目に話をするところ、そしてそのちょっと丸まった背中、すべてが父に似ている。

　私がアシネッリ塔からボローニャの街を俯瞰《ふかん》した時、一面に広がっていた赤い建物の正体は煉瓦である。煉瓦造りの建物が非常に多いために、かつては煉瓦工場がたくさんあった。現在は、その煉瓦工場のひとつに市の産業博物館がある。中を改造し、使えるものは修理して、建物が再生されている。一歩中に入ると、古臭さなどは微塵も感じさせないモダンな内装で、展示の工夫も秀逸だ。

「生きている人間が見に来るのだから、展示はすべて動きのあるものに工夫されている」と、セディオーリ先生は飄々《ひょうひょう》とした様子で話してくれた。「魔法の赤いボタン」を押すと、展示はすべて動く仕組みになっているという。

アペニン山脈の麓から流れる水源が、街に水を運び入れ、その動力を使って、欧州一の絹の産地となったボローニャ。その動力を使った精密な紡績機の前に座り、私は先生としばし話をした。

終始冗談めかした口調とは裏腹に、先生の眼の奥にあるのは「教育」に対するゆるぎない熱意だった。私への館内の説明と同じように、きっと熱心に生徒にも語っていたに違いない。

「過去も未来も一本の糸のようにつながったもの」と先生は何度か言った。人は過去から学ぶのだということを次の世代にきちんと教えてきた根っからの教師なのだ。またしてもボローニャの精神を教えられた。

二回目のボローニャ

私はそれから十ヵ月後の二〇一二年八月、思いもかけず再びボローニャを訪ねることになった。一年間で二回、日数にして合計二十一日の時を父の理想の地で過ごす機会に恵まれた。

一回目は仕事ということもあり、慌ただしかった。二回目に訪ねたボローニャで、私は風に吹かれ、食事をし、その街に住む人々の日常の中で過ごしていた。それが何より心地よかった。

そしてボローニャで出会った人は皆、再会を喜んでくれた。「よく帰ってきてくれたね」と頭をくしゃくしゃにされた。

なぜ二回目のボローニャ行きが実現したかというと、私たちが前回、企画し、上演した『父と暮せば』のワークショップが、その年のフランコ・エンリケッツ賞にノミネートされ、そしていつの間にか演劇賞を総ナメにしていたのである。聞くところによるとそもそもイタリアでは、賞を受賞するためには根回しが必要らしい。私たちは根回しをするどころか、この賞を制定している審査員がどんな人かも知らない。

確かに「ワークショップをやりますので観にいらしてください」と案内の新聞広告を出した。簡単な記者発表も開催した。

取り仕切ってくれたフラテルナル劇団の関係者に交じって、ワークショップに審査員がいるとは想像もしていなかった。

ワークショップを予定していたところ、たくさんの人から参加したいと申し入れがあり、ボローニャ大学を巻き込んでの本格的な二人芝居になったのだ。嬉しい誤算がここにもあった。それが受賞につながったのだ。

賞の名前のフランコ・エンリケッツとは、イタリアのコメディアン兼役者で、写真で見ると大変なハンサムである。彼は獄中で病死している。死後、無実が証明され、彼を悼み、彼の名誉を挽回するために、その年に一番社会的影響を及ぼした作品に与えられる賞という形になった。それは演劇、人、音楽、小説などのあらゆる分野から受賞者が選ばれるのである。

そして授賞式は、彼がイタリアで最も愛した場所であるアドリア海の海辺の街、シローロで行われる。ボローニャから車で約三時間のところである。

イタリア版『父と暮せば』は作品賞に選ばれ、主演の二人、マッシモとターニャがそれぞれ男優賞、女優賞を受賞した。マッシモは演出も手掛けており、演出賞も受賞し、ダブル受賞となった。

一回目に訪ねた時は秋だったが、授賞式は真夏に行われる。受賞できたのはもちろん嬉しいが、あのピエタに再び会えるのも嬉しかった。

フランコ・エンリケッツ財団とシローロが共同で開催するフランコ・エンリケッツ賞の授賞式に出席するためにボローニャを出発した。

この日のために女優賞を受賞したターニャは、髪をオリンピアの女神のように結い上げ、お父さんに借りてきたというアルファロメオを運転して、ホテルに私を迎えにきてくれた。助手席に座るのは男優賞を受賞したマッシモである。

海辺のリゾート地は青い空と海が広がっていて清々しい。風はどこまでも透明で、海はキラキラしている。バカンスや海水浴に出かける人にまぎれて、私たちは午後にシローロに到着した。

受賞者は山の上のペンションに泊まり、授賞式が始まってから一晩をかけて交流を深めていく。朝までお祭りが続くのだ。イタリアという国は素晴らしいと思った。

部屋で支度をしながら、私はずっと感謝していた。けっして簡単な戯曲ではない『父と暮せば』の主旨を理解して芝居として導いてくれたことに。

何かと文句を言うのは簡単だが、芝居は企画から上演まで、たくさんの行程を経て成り立つものだと、私は骨身に染みてわかっている。だからこそ、この受賞は名誉なことなのだ。

いつもは労働者風の格好をしているマッシモが、オリンピアの女神のようなターニャに合わせてタキシード姿で現れた。私も日本から持ってきたワンピースに着替えて、いざレセプションへ出かけて行った。

どんなところで、どんな風に授賞式が行われるのだろうかと心が弾んでいた。しかし「何時から始まりますよ」というアナウンスはない。イタリアはいつもこの調子である。時がくるのを待つだけだ。

街の中心にある教会の前にレセプションパーティの用意が整っていた。ここでアペリティフを楽しみ、街の頂上にある劇場へ行くと言う。その劇場が今夜の授賞式の会場だとわかった。

「こんな遠いところまで、東洋人が賞を受け取りにきてくれた。なんて素晴らしいのだろう、きっとフランコも喜んでいるに違いない。この賞もインターナショナルになったもんだ！」とたくさんの人に肩を抱かれた。私はひたすら「グラッチェ・ミーレ」を繰り返した。

『父と暮せば』を強く推薦してくださったプロデューサーに会った。自分の足でイタリア全土を移動して作品を観るのだそうだ。どうしてこの作品を選んでくれたのかを聞きたかった。

授賞式は約一時間遅れで始まった。受賞者一人ひとりが思い思いのスピーチをしている。とうとう私の番になった。スピーチは日本語でするが、挨拶だけは覚えたてのイタリア語でしてみた。

「父・井上ひさしはイタリア、それもボローニャを愛してやまない日本人でした。ボローニャという街は、父の愛した演劇の精神が街中に溢れています。そういうところが大好きだったと思います。

父はもうこの世にいませんが、生涯で七十作にも及ぶ戯曲とたくさんの小説とエッセイを書きました。その中の一つが『父と暮せば』です。原爆投下から三年後のヒロシマを舞台に繰り広げられる親子の会話を通して、人は過去から学び、未来を生きるものだ。

生き残った人間は、戦争の犠牲になって死んだ人間の遺志を伝える使命がある、と芝居で表現しています。

ボローニャでの公演を観ていただき、海辺の素敵な街シローロで、このような素晴らしい賞をいただけることに感謝しています」

私のスピーチを通訳が必死になって伝えている時、少し太った背の低い男性が私を見て、ニコニコしているのに気が付いた。もしかしてこの人は、あの日、ボローニャで、たった一日しか上演していない公演を観たプロデューサー氏ではないか。真っ赤なバラの花束と金のプレートと賞状を手にして、私はまっすぐにその人のところへ向かった。こういう時、イタリア語が話せないのはもどかしい。英語で聞いた。

「あなたが父の作品を推してくださったのですか？」と。

「こんな遠いところまで本当によくきたね。それはきっとお父さんの遺志だと思うよ」

とその人は言った。

父の遺志、その言葉に私は感銘を受けた。その瞬間に受賞の喜びが押し寄せてきて、思わず涙がこぼれそうになった。

丘の上は満天の星、そして目の前に広がるのは美しい海と波の音。

こういう瞬間があるから、どんなに苦しくてもやり遂げることができるのだろう。成果を認められ、贈り物を励みにして、人は前に進むのだろう。イタリアの夜はとても長く、気ままに過ぎて、その日だけはシャンパンを何杯も飲んだ。

大きな収穫

演劇は人類が発明した最高で最後の素晴らしい表現形式。私の中には今までこまつ座を「やらされている」という気持ちが常にあった。そしてその気持ちこそが私の甘えでもあった。

この街にきて、演劇の形式はそのままで、中身を深く探っていきたいという、静かではあるが強い思いを見つけられたことは大きな収穫であった。演劇で活性化した街で公演を打つことができた感動を、けっして忘れまいと思った。

ボローニャに戻ってから、私は再度ピエタに会いに行った。そこにはアドリア海の色、アドリアンブルーの衣をまとった宗教画の天使が私を待っていてくれたかのように思えた。

もう一つ、嬉しいことがあった。偶然にも今回の旅の宿が、かつて父が泊まったホテルだと判明した。以前とホテルの名前が変わっていたのでわからなかったのだ。

そのホテルで、父が滞在した103号室のスイートルームや父が書いたゲストブックを見せてもらうことができた。相変わらず癖のある几帳面な父の字があった。

その筆跡に指を這わせてみる。なんとも懐かしい。そして怖かった父の存在を確かめて、ゲストブックをそっと閉じた。

私にとって父は人間のお手本だった。よいところも悪いところもすべて揃っている、人間らしい人だった。そんな父に触れた真剣勝負の真夜中の電話。私に語ってくれた本音の言葉はいまだに私の中に生きている。

人は必ず死ぬ。その瞬間まで誰でも生きる。日常の細かなことを積み重ねながら、死を意識しながらかけてくれた電話、父のその時の寂寥《せきりよう》感を思うと胸が痛い。

死の先にあるものはまだ私にはわからないけれど、あの怖がりの父が乗り越えられたのだから、きっと私も乗り越えられるはずだ。そう思うと逆に生きる勇気が湧いてくる。

いつか父に会えるその時まで、今は、遺してくれた言葉をピカピカに磨き上げて、実践していきたいと思っている。

第四章　父との思い出

あの日

死にゆく人は春を待ち焦がれるものなのか、まだ寒い春のある日、風の強い日だった。その日の朝に病院から戻り、在宅での医療が始まると思い一安心したその日、父は息を引き取った。鎌倉の家に戻ってきたばかりで、その日のうちにあの世へ旅立っていった。その時のガラス戸が揺れる音、煙草のヤニで茶けた書斎の窓、そこから見える竹林が揺れていた。「この風景を父は見ながら原稿を書いていたんだ」と書斎の椅子に腰かけてそんなことを考えていた。

外は今にも雨が降りそうな花曇りであったけれど、遅咲きの山桜の花がところどころ綺麗に咲き始めていた。このまま酸素マスクを取ってしまえば、夜には息を引き取るかもしれない、と伝えられた時、私は不思議と冷静でいられたように思う。ただ、どこかに父の脳だけでも保存できないものかなと真剣に考えつつ綺麗な形をしていた父の頭を見つめて、浅くなったり深くなったりする呼吸の間隔を数えていた。

私が物心ついた時には父はもうずいぶんとたくさんの仕事を抱えており、思い出されるのは、書斎にいる姿、本を読んでいる姿、綺麗にごはんを食べている姿、そして野球好きだった私とともに、ああでもない、こうでもないと野球観戦をする姿ばかりで、それはどこか友達のお父さんのそれとはかなり異なっていた。いつも何かと戦っていた父の姿を今では愛しく思う。人間として、あれほどまでに自分を律することができるのであろうか。一体どれくらいの苦労をしたら、父のようになれるのであろうか。どれだけ努力をしたら、あれほどの知識を自分の頭に入れられるのだろうか。そういう父の存在は死んでもなお消えることはない。

生と死が父のそばを行ったり来たりしている間、その姿を前にして、泣いている時間などはなかった。父から託されたことを果たして仕事として処理できるのだろうか。父の死を公表しないで、社告をもって知らせるようにという目下の父の言いつけを守るべく、私はどこか悲しむことをこの時点では封印したことになる。きっと、父から引き継いだこまつ座を無事にやっていけるのだろうかという不安より、必ずやってみせるという意気込みのほうが強かったからであろう。

素直にただの娘として泣くことができたほうが幸せだったかもしれないと思わないでもない。ただ私と父の別れはこまつ座での生活とともにこんな風に訪れたのだ。

私を世に送り出してくれ、一番影響を与えてくれた人の死は、先の見えない怖さと、それを超える勇気をなぜか私に与えた。そんな一見相反する気持ちは今の私の基本になっている。生きていく怖さと勇気を持つことを自律というのであれば、ずいぶんと遅い自律というやつだったかもしれない。

しかし同時に安堵もした。幼い頃から締め切りに狂いそうになりながら仕事をし続けた父はもう二度と起き上がらなくてもいい。静かに眠ってほしい。ようやくゆっくりできるねと思った。そんな風にしてある父と娘はあの世とこの世に分かれた。

父が死んでしまった後、私は鎌倉の家で夜が明けるのを待っていた。

父が息を引き取った翌日の早朝。

家族のお弁当を作るため、朝一番の電車で自分の住む家に向かった。その途中、近道をしようとして外階段から続いた小さな崖の上から真っ逆さまに落ちた。早朝の鎌倉の山奥でしばし気絶していた。

気絶した際の浅い眠りの中で寒さに震えながら見たのは、最後に父とまともに話をした時のこと。父が私に託そうとしたこまつ座の持ち株を移行する譲渡書類、父のサインをもらうために入院先の病室を訪ねた時の再現だった。

その当時、私は会社の運営やらにほとんど興味がなかった。それゆえにサインをすることすらそんなに重要だと思っていなかった。病のことしか考えられない状態の父から、劇団運営という重荷をおろしてあげたい。そしてもっと元気になってほしい。もういい加減、こんなに大変な劇団経営から早く身をひいて、好きなものだけ書いていてほしい。

父は抗がん剤治療しかすることができなかった末期の肺がんで、根治的な治療は望めない。それでもいつかよくなるだろう、がんと共存できるだろうと信じていた父。もちろん私もそう思っていた。父はきっと書きたかったことを書けると信じていた。肉親の死というのはきっとそんなものだろう。いなくなることは事前に想像すらできない。ある日突然いなくなってしまう。

その頃は、だんだんと起きているより、寝ているほうが多くなっていた時期でもある。病室を訪ねると父はよく寝ていた。そのまま帰ろうとした時、嘘のように目を開けた。「早くにサインをしたかったのだから起こしてくれなくては困る。とても大切なことなのだから」と少し怒ったような顔をして、震える手でサインをしてくれた。「もうこれで、こまつ座は君のものです。君にすべてを任せたよ」。父のこまつ座社長としての最後の仕事だったと思うと胸が痛む。もしかしてこのまま元気にならないかもしれない、いや、元気になるだろう、待ったなしの日々の業務に押しつぶされそうになり、冷静にならなければと自分に言い聞かせながら、気が急く。自分の心臓の音と寒さで目を覚ますと、外はもう明るくなり始めており、私はやっと現実に戻って、父は本当にこの世からいなくなってしまったと思った。崖から落ちた衝撃で膝のお皿を割った。不思議なのは相当に痛い思いをしたはずなのに、痛さを覚えていないことである。その後も痛みすら感じない程の忙しさの中で過ごすことになる。怒濤《どとう》のように始まったこまつ座社長としてのスタートはこの膝の怪我から始まっている。

改めて振り返ってみると意外にもそこに後悔はない。後悔しても仕方がないと諦めているだけでなく、ギリギリまで考えて出した結果に責任を持って取り組めるようにと強く思っていた。

お皿を割っていながらその痛みすら覚えていないのだから、お蔭様でこの十年、後悔を感じる暇は与えられていなかったというだけかもしれない。次から次に父の遺したものを上演し続けることができたがんばりの源となったのは一体なんだろうと考えたら、ひとえに支えてくれた人たちがいたからだという答えが返ってくる。

父はこまつ座を大切にしていたし、こまつ座と言えば父だった。そんなランドマーク的な存在がいなくなった後のこまつ座など、長くは続くまいと思った人も多かったと最近になって聞く。

実際その時は自分が渦中にいたせいか、そんな噂《うわさ》があっても耳に入ってこなかったのだろう。

噂話にしても、本当にそうだったなと自分でも思う。お芝居の周辺で育った作家の娘であっても、仕事として演劇を作り、そしてそれを運営する会社を経営することは、あまりにも無謀だと思う人も多かったことだろう。

井上ひさし亡き後のこまつ座を続けていくことは誰も体験したことのない挑戦だと言

ってくださった方もいる。それを受けて立つのは並大抵のことではないと。なんだかんだ言っても噂には事欠かない家だったが、ネガティブなことは一切気にしないようにしていた。私が立ち向かい取り組むのはただ一つ、こまつ座の存続だった。

不思議なお導きもあった。思いがけない人に助けていただき何とか継続した十年。そして「十年は続けてくださいよ、それまではこまつ座のことだけ考えてね」と父から言われた十年。約束とその言葉を守る日々だ。

そして今振り返って思うのは、こまつ座は父がいなくなっても、井上ひさしの劇団であるという紛れもない事実だ。いなくなったからこそ、それがよくわかるようになった。今なお稽古場で、劇場で語られるのは、父のことだ。それはいろいろな人の手や言葉を借りて次の世代の人に伝えられていく。

それが父の想いだったように……。たとえ父はいなくても、こまつ座はいつまでも井上ひさしの劇団であり続けている。

三年目

父はよく、十年今のペースでがんばれば、十年後にはきっと演劇賞の候補くらいに入れていただくことができるよ、と言っていた。

ある意味、賞をいただくことはとても嬉しいことではあるが、それを狙ってとるものでもない。父の言葉の一つであった「死後三年間がその作家の旬と心得よ」が、実は本当だったことが証明されたのが三年目である。

この間に私たちは父亡き後のこまつ座を必死に守っていた。父の死後、その翌年には公演中に東日本大震災が起きた。この時も「父ならどうするのだろう」と自問自答して進んだ。私たちは公演のすべてをチケット代金ご返金の対象にした。これで潰れてしまうならそれでいい。チケット代金以外のお金の負担をかけたくないと言っていた父ならきっとそうしたであろう。

次の年には「生きていたら七十七歳」という企画をもって、父が遺した言葉を形にするプロジェクトを立ち上げた。死んだ人を祀り上げて何をするのだと言う人もいれば、だらだら公演をされるより、観るお客様も一緒に楽しめる企画が嬉しいという声も多く、ひたすら父の言った三年間を無駄にしてはいけないと思い詰めて走り続けた。

こまつ座はこの年、演劇賞でたくさん評価をいただいた。十年がんばれば候補の一つに入れてもらえると言っていた父。候補どころか本当にいただいたよと嬉しかったことを覚えている。賞をいただいた時ある人に言われたことがある。「あなたはゴッホの弟のテオのような存在です。今は苦しくても必ずこれらの作品を残して伝える人が必要なのです。私たちがあなた方に期待するのはそれです。ですから賞を与えて今後もこの大変な演劇界でがんばってもらうのです」と。この時から父の死後から始まった膝の痛みはひどくなり、ほとんど自力で歩くことが困難になりかけていた時、もう一度前を見て歩くことができるようになった。

「この三年は困難の三年じゃったけえ、何とか生きてきただけでもほめてやってちょんだい」と父が書いた『父と暮せば』で父を原爆で亡くした娘は、幽霊になって出てきたおとったんにそう伝える。原爆というなんの落ち度もない人たちが受け入れなくてはならなかった理不尽な仕打ちは想像を絶するが、私はとくにこのセリフが好きだ。困難の三年、この困難があるからこそ、こうして立っていることに今感謝している。父が「三年間」という具体的な年数を言わなかったら、私はスタートから息切れをして到底走れなかったであろう。

言葉は時に大きな目標を与えてくれるが、父の言葉自体が私をずっと鼓舞してくれた。私を守ってくれた。その姿は見えなくてもこうやって父の死後もたくさんの人が父の言葉のシャワーを浴びて今日も劇場を後にしてそれぞれの場所に戻っていく。言葉のシャワーを受けた人は皆さん少しだけ勇気をもって劇場を後にする。それを見送り続けたことは幸せ以外の何物でもない。困難の三年をもう何度も繰り返して今年は四度目の困難の三年目となる。

私にとっての家族

私にとってブレないものがあるとしたらそれは家族がいつも大切であるということだ。とてもシンプル。誰かが家族を傷つけたら私は必死に戦うはずだし、家族が笑えば私も嬉しい。その家族という枠は今現在の家族だけでなく、私が生まれ育った家族はもちろん、新しい家族も含んで確実に大きくなっている。皆が悩んだり傷ついたりしながらも大切に思い合っていてほしいと思う。それだけは昔から何一つ変わっていない。

私は井上家に生まれたことに今はとても感謝しているけれど、二十代、三十代はそんな風に前向きに考えられない日々が続いた。ずいぶん長い間、自分が何もできない存在だと思い続けていすぎて、自信を持つことがなかったせいもある。親の離婚などもう珍しくもないけれど、それでもあの日私たち家族が別れ別れになり、親が年数もあけずに再婚してしまうということが、外の世界を知らない当時の私たち三姉妹に大きな傷を残したことは確かだ。傷というより自信の喪失だった。両親の離婚を食い止めることができなかった喪失感。自分とは一体なんだろう……と思い悩んだ日が私の十代の最後、そしてそのまま突入した二十代、初めて自分も母になって、母になってはじめて、こんな風に子どもに傷を残すことは私の代でおしまいにしようと思って子育てをしてきた。

不思議なことにそう思えば思う程、子どもたちはすくすくと育っていく。私は娘たちに育てられてきた。もはや私の傷はすっかり跡だけになっているが、姉二人のことを思うと複雑だ。私は親の離婚から、一つのことを学んだ。それは「当たり前のものなど何一つなく、状況は変化し続ける」という教訓である。それは有形無形にかかわらず変化し続けていく。変化しないと思っているのは自分だけで、刻一刻と変化していく。これは自然の摂理なのだと納得したのだ。

それを実感として納得してから私の傷はどんどんよくなっていった。変化しているのは私だけではない。皆変化しているのだ、怖がることなんかない。そう自分に言い聞かせ続けてようやく私は今の自分を手に入れた。ただそう思えるまでの道のりは決して順調なものではなかった。そして親の離婚から今日現在まで、私は未だトンネルの中にいるように感じている。ひたすら光が差し込むほうへ、かすかな希望を抱きながら歩き続ける。ごくたまにもうホトホト嫌気がさしてしまうこともある。いつまで続けるのだろうと投げ出してしまいそうになることもある。たまに他力本願になって誰かが自分の人生を劇的に変えてくれないだろうかと座り込むこともある。待てども誰も来ないことを受け入れた時、一歩ずつ逃げないでこの道を歩き続けなければならない事実を思い知る。それからは愚痴すら出なくなった。

愚痴を言って何かの足しになるならばきっとずっと言い続けていただろうが、愚痴を言えば言う程体力を失い気力をなくすことを知ってから、私は二度と愚痴は言うまいと思っている。その積み重ねが今の心の骨を強くする唯一の方法である。

父の手

父の手を握って、誰もいない病室で、意識が朦朧《もうろう》としていた父に話しかけたことがある。父は極度の照れ屋でもあり、こと娘に関していつもどこか遠慮がちであったから（少なくとも三女の私にはそうだった）、最後に後楽園に野球を見に行って以来かもしれない。もっと甘えたらよかった。父が再婚してから私はどこか、もう父は私たちだけの父ではないと思い込んでしまったところがある。親の愛はいつでもどんな時でも与えられ続けると思っていたのに、ある時からそれが与えてもらえないような気持ちでいっぱいになり、いつも悲しかったことを思い出す。今こうやって手を握れば、父を憎んだ日のことも何もかも許すことができた。思い出せば若い時にはどうしても許すことができなかった父の態度も愛しいもののように感じる。どんなにわだかまりがあっても、死にゆく父を前にしては、ただ感謝があるだけだった。

父の病をどう乗り越え、そして父が死をもって伝えたかったこと、そこで起こるであろう人間模様すらも遺された宿題の一つ。

人は自分の利益のためなら嘘でもなんでもつくのだよと今も教え続けてくれている。私はそれをどれも受け入れようと思う。受け止められなくても、その気概を持って生きて行こうと思う。

父の遺した企画

『木の上の軍隊』と『母と暮せば』、これは私が父亡き後にその思いを継いで形にした作品だ。ほかの作品同様、愛しくて仕方がないのだが、この二つの作品は私の愛娘のような存在であり続ける。この作品を作るに際して、そこで知り合った人たちのことを振り返ると今でも胸が締め付けられる。

そのくらいの感動を与えてくれた沖縄、そして長崎。あらたな可能性をこまつ座に与えてくれた。仕事らしい仕事をしたのはきっとこの二作品が初めてかもしれない。

人が遺したものを具現化するのは難しい。難しいからしなくていいということではなく、その人が作っていたらどうなるのだろうと想像して創造すること。その素晴らしさと可能性。それがこの作品たちには溢れている。

「沖縄というところはちょいちょい魔法をかけてくる」そう私に言った人がいる。

その言葉どおりに魔法にかかって父の遺志を継いで世に出た作品がある。既存の作品ではなく、私にとっては初めて自分で一つずつ大切に手掛けた作品だ。

私が沖縄に行くといつも何かが起こった。初めて訪ねた沖縄での洗礼は強烈で、この作品ができるまで何度となく沖縄に、そしてその作品の舞台となった島に通ったが、無傷で帰ってきたことは一度もなく、いつも満身創痍《まんしんそうい》で臨んだ来沖のことを思うと、そこには何かの意志が働いていると思える。ただ不思議と嫌な感じはしたことがなく、ひどい状態で東京に戻るのが常ではあってもそれすらも懐かしく思い出される。

初めての沖縄、私は飛行機が那覇《なは》空港に降り立ったその瞬間からのどが掻《か》っ切られたように痛くなったことを覚えている。

飛行機に乗る前まで、のどの痛みなど感じてもいなければ、鼻水一つ出る予感すらしなかった。ぐっすり眠り、飛行機の車輪が地面に着く振動で起きた。その瞬間にのどが痛くなったのである。それもちょっと痛いとか、なんとなく痛いとか、そういう半端な痛みではなく、猛烈な痛みである。

その時私は一人ではなく、父の遺した企画を具現化してくれる作家とそしてもう一人のプロデューサーと一緒であった。

自分がお願いして連れてきた旅である。自分が倒れてしまうわけにはいかない。国際通りの市場で食事をするために空港から那覇に向かった道すがら、やっと見つけた薬局には何十年も前のものなのではというような液体の風邪薬しか売っておらず途方に暮れた。熱はにわかに高くなりはじめ、意識を失いそうになりながら泡盛を飲んだことを生涯忘れることはないだろう。高熱に浮かされながらも何とか旅の行程を乗り切った私は東京に戻ってからしばし起き上がることができなかった。強烈な沖縄の想いを一身に受けたと今は理解しているが、その時はあの逃げ場のない太陽の下、気温と同じくらいの高熱の沖縄は、恐ろしい存在感で私を休ませてはくれなかった。

次に訪ねる時も、その次も、鼓膜が破れる、足を挫く、巨大な青あざを作るほど派手に転ぶ、やけどするとさまざまな現象に悩まされる羽目になる。それでも沖縄に通い続けたのはそこに温かい人たちがいたからだ。

沖縄の人たちは簡単に心を開いてはくれない。自分たちが置かれた立場を、本土の人間が到底理解することがないと思う半面、それに寄り添いたいと心から思ってくれる人間にはとても優しい。そしてそれが本心かそうでないかも易々と見抜いてしまう。だから沖縄には素直に対峙することが一番、わからないならわからないでいい。けれど今度来る時にはその課題に自分なりの答えを用意する真摯さが必要だ。

私は足掛け八年で一つの作品を世に送り出した。そして沖縄で上演を果たす。

一つ確かなことは、父との会話はずっと続いていたということだろう。

沖縄のように日頃から、あの世とこの世がつながっているような感覚に陥ってしまうところでは、簡単に父と通じ合うことができた。沖縄には御嶽《うたき》という祈りの場所があり、島のあちこちに御嶽があるこの島に行くと姿こそ見えないが、風に空に海に答えを求めると何らかの答えが返ってくる。

私は今でも一人沖縄の街をあてもなく歩くことがある。そこは街の中にある公園で日がな一日ずっとそこに座っている。黄色い蝶々が群れをなして飛んでいて、私はそこに座ってずっと沖縄の日常の音を聴いて過ごす。ほかには何もいらない。

そうして心の対話を繰り返すと自然に父へ何かを問いかけている自分がいる。沖縄という場所ができてから、私はずいぶん落ち着いたように思う。今でも悲しいことや人に疲れると無性にあの公園で一日を過ごしたくなる。そしてそこに現れる父と会話をしたくなる。沖縄という場所は私と父をつなぐ場所だといつも思っている。

演劇に導かれる思い

沖縄で公演した『木の上の軍隊』は沖縄戦で亡くなった方々への鎮魂であると同時に、沖縄の神様に送られる神楽であったという人がいる。あなたのその霊障も神楽を奉納したら起こらなくなったでしょう？　と言われて、ああそういうことだったのかと納得がいくようになった。

演劇とは一体なんだろうか。

私が小さい頃はまだプロデューサーと言われる人たちは皆、自分の作品と心中する勢いであった時代。一つの作品を作るため自分の家だろうとなんだろうと担保に入れてお金を作る。つまり自分が人生において築きあげてきたものをすべて捧げて作品を作るという感覚だ。命までかけて作ったものが失敗した後は、世間からの冷たい目と莫大な借金が残る。その中でたくさんのプロデューサーの命がこの世から消えた。

私はそのことがずっと頭から離れない。

「あの人はとうとう自分の家を担保に入れた」「あの人の作ったものが大コケしてとうとう首をくくった」などはよく耳にしていたことである。「そんな人生はとても大変そうだから、私にはできないし、したくない」とそう思って生きてきた。また、演劇を志している人たちの熱さ、幼い頃から割と冷めていた私にはその熱さも苦手なものの一つであった。それが今はどうであろうか。今その真っ只中に私がいる。私はよく自分が生まれた日、その時の星図を観ることがある。私はどんな星の下に生まれてきたのかを正確に知ることで、私が何をしたくてこの世に生まれてきたのかわかる気がする。星図を読み解くことが叶わなくてもそれはあがいても無駄だというおおらかな気持ちをもたらしてくれるのだ。

人として

昔大好きだった映画『若草物語』の終わりで四人姉妹の次女、ジョーが言うセリフが私はとても好きだ。

自分をかつて愛していたローリーを振って、ニューヨークへ作家修行のために出かけていたジョーは、最愛の妹のベスの命の残り時間がもう少ないことを知り、実家に戻る。長女のメグから、もう一人の妹のエイミーとローリーが結婚することを聞かされた際「今、ローリーに求婚されたら受けていたかも。愛されることも大切だと知ったから」と言うのだ。

人は知らないうちに人生の中で何度か地獄を見る。狂気に満ちた世界に足を踏み入れ、心を乱されることもあるだろう。私にとってとても平穏とは言えなかったこの年月も振り返ればどことなく狂気に満ちていた。今でもその真っ只中にいる。

その先に待つのは一体なんだろうかと考えてみるけれど答えは見つからない。きっとこれからも人として生きていく覚悟を授かる儀式だと思ったら、全力でここを耐え忍ぼうとそう思える覚悟を持つためなら我慢ができる。

人は愛することも大切だが、愛されることも大切だ。このセリフはベスという最愛の妹を亡くした狂気によって得られたジョーの嘘偽りのない実感だった。

これからは愛することも大切だが、愛されることも大切だという気持ちを持とうと思う。大変抽象的であるが誰しもそうやって歳を重ねていくのだ。ディケンズは『クリスマス・キャロル』の中でずいぶん前からそのことを後世に伝えていた。

今という生身の時代を生きる中で、何を大切にして生きたか、そして何を大切な人に伝えていくのか、一人一人がその思いをつないで生きていること、今だからこそわかること、それを積み重ねることが大人になることだと父は死んでもなお、私にそう言い続けてくれる。私に遺した言葉の数々は今でも私の心の聖書としてずっと生き続けていく。どの言葉をとってもそこには父の言葉への愛が、人への愛が詰まっている。

この十年を振り返って

時節人生の中で思い出される風景がある。人生も半分を過ぎたのだからそんな風景でいっぱいだ。それはきっと私だけでなく、一生懸命生きてきた人はみんなそんな風景を持っていることだろう。私の場合で言えばそこには父の姿があり、そして取り組んできた数々の仕事とともに、忘れられない出会いや別れがある。大きくなった家族や年老いた家族の泣き笑いの顔もあれば、愛犬の死もあった。取っ組み合いのけんかをしたことも、悔し涙をこらえたために、のどが痛くなったことも、思い出される先から、そんな毎日を繰り返している。

それでも圧倒的に私の中で数多く浮かぶ風景は、父と親子にしては濃厚な会話をしたあの数年のこと。私は一生分の宿題をそこで出された気がする。そして当たり前のことだがこの思い出だけは深まることはあっても新しく更新されはしない。

父が他界してもう十年以上。何度も助けを求めたい十年でもあった。「父がいたら何をしただろう。何を心配して、そして用意しただろう」と想像することが癖になった。その十年間の出来事一つ一つを想い出すことは難しいけれど、確かに私はこの年月をこまつ座というところで、父から受け継いだところで生活してきたことは確かだ。

父亡き後のこまつ座を守ってきたことだけは今後自分の自信にしてよさそうである。

それでもようやくスタートラインに近づいた、そんな感じだ。「それは謙遜でしょう」と言う人もいる。けれど演劇の世界で十年など、まだまだ何もわかっていないと一言で片づけられてしまう年月である。

今も変わらないことがある。ただ一つ、父から託された演劇の仕事を続ける緊張感……これだけは変わりようがない。

今でも私は毎回稽古場に行く度に手に汗をかき、劇場に行く度に気持ちがはやる。その緊張感に一生慣れることはないであろうし、その緊張感は私たちが仕事としている人間の力の結集で成り立つ演劇の特徴、大変さと楽しさ、そのものである。究極のところ「生もの」を扱うことの責任の重さだと思う。

そのくらい、この世界でのゴールは遠い。

マニュアルがあって進む仕事ではない。

失敗して、穴があったら入りたい、そして一生出たくはないという経験を何百個、いや何千個と繰り返し、身体で覚えていく。

とても簡単に覚えたりすることはできないであろうし、時代によって、作品によって、向かい合うものが毎回違うのだから一生かかっても永遠に一人前にはならないのかもしれない。それでも観た人がしみじみ心の貯金、もしくは栄養をお土産に劇場を後にする時、「なんていい仕事だろう」と思う。その瞬間に何か目に見えない力を与えてもらえるような仕事だ。

私は未だに、投函しない、天国の父にあてた手紙を書き続けている。それはもうずいぶん分厚い束になって私の机の引き出しに重なっている。父がいなくなってからの日々が克明に書かれている手紙、それらは配達されないが、なぜだろう、父のもとに届いていると私は信じて疑わない。父亡き後のこまつ座は、何度となく危機を迎えることになったが、その都度見えない力が働いて助けてもらったことが数限りなくあったからだ。どこかでしっかり見てくれているのだろう。そう思うのだ。

父の声はもう聴くことはできないけれど、どこかで見てくれていて、どこかでいつか再会した時に「結構がんばったんじゃないか」と言ってもらいたい。単純にそうなるといいと思っている。ここにおさめた父の言葉が、一度私の中を通り越し、共感してくださった人に手渡されて、それぞれが心の中で励まされたら嬉しい。身体に一度取り入れたものは誰にも奪われることはない。喜びも悲しみも生きていくための栄養だとしたら、この言葉の数々はきっと私だけではなく、読んだ方一人一人への言霊となって励ましてくれるはずだ。

紙飛行機とハーモニカ

幼い頃、父は書斎でいつも何かをしていた。仕事をしていた時もあれば、たくさん集めていた外国製のハーモニカを吹いていたこともある。よく紙飛行機も作っていた。

飛行機づくりは本格的で、設計図を書き、それをケント紙に写し、綺麗に切って組み立てて、ニスを塗ってくれることもあった。より強力なパワーをつけるためにゴムがついているものや、飛ばすための特別なものが装着されているものもある。

ハーモニカは三つ、父のおさがりをもらった。そのほかに外国製の二段になったものを銀座で買ってもらい、私もずいぶん大きくなるまでそのハーモニカを愛用していた。

敬愛するジョン・レノンが死んでしまった時、一日中ハーモニカでジョン・レノンのメドレーをハーモニカで吹いていた私のことを、父はとても心配して何度も見に来てくれた。

「人は死んでも作品は残る、ジョン・レノンの『アクロス・ザ・ユニバース』は永遠に君の心に残るよ」と励ましてくれた。

紙飛行機を作っては試作品として私に実験を命令し、家の屋上から飛ばした。飛距離を計りそれを父に届けるととても喜んでくれた。飛距離はさておき、その形がいつも美しい紙飛行機だった。私は屋上からその紙飛行機を使って、家の前を通るいじめっ子のクラスメイトめがけて飛ばして遊んだ。到底、クラスメイトまでは届かないのだが、気持ちがすっきりする。そのうちに飛ばし過ぎて形が崩れては新しいものを作ってもらったものだ。その紙飛行機にはそれぞれ大変愉快な名前がついていたが、それらはすべてその時に父が書いていた戯曲であったり、小説であったり、その中に出てくる人の名前だったりしたのを後で知ることになる。

何をやっても丁寧な父の仕事はこの紙飛行機が物語っていた。

ハーモニカと紙飛行機は父を語る上でなくてはならないアイテムである。父の作品は父が死んでも残り、私が死んでも父の作品はずっと残る。永遠に消えない作品というものを生み出したことを、もっと大きな意味で捉えてみたいと思った瞬間から、父は私の中でこの世に送り出してくれた父親というものを超えて、もっと大きな存在になった。

それと同時にあの頃に、あの瞬間に戻りたいとも思う。紙飛行機を作ってもらい、早く飛ばしたくて外に出たあの時の空の高さをいつも心に残しておきたいと思う。もしあの時に戻れるならば父を誘って屋上に上がってみたい。若かった頃の父と同じように幼かった私のままで、いつまでも紙飛行機を飛ばしながら遊んでいたいと最近になってよく思う。

麻矢くん

私ももう満七十四歳、自分の人生をできれば円満に閉じなければならない年令になりました。どうか自立してください。自分の将来・未来は自分で築き上げるしかありません。こまつ座で生きるには、こまつ座をいい会社にするしかありません。財務の立場から、こまつ座を冷静に見て・その上で、他の皆さんと冷静に話し合って…たいへんだと思いますが、がんばってください。こまつ座そのものも「自立」する必要があります。自立って、ほんとうに大変です。

ひ

最後に『夜中の電話』の文を作って頂きました集英社の江口洋さん、飛鳥壮太さん、この本を最初に企画して下さいました清水智津子さん、小西恵美子さん、解説を書いて頂いた一般社団法人共同通信社の加藤正弘さんに感謝を申し上げます。ありがとうございました。

わたしをこの世に誕生させてくれた両親、そして父の作品を愛して下さったすべての方にこの本を捧げます。

解説

加藤正弘

どうしても強調しておきたいことがある。著者の井上麻矢さんについてである。日本を代表する作家・劇作家の故井上ひさし氏の三女で、ひさし氏が立ち上げた劇団こまつ座を引き継ぎ、現在はその代表だ。結局のところ麻矢さんこそが、ひさし氏の最高傑作だと断言したいのだ。もし井上麻矢という娘がいなかったら、井上ひさし氏は既に世の中から忘れ去られていたのではないかと思うのだ。この本の中でひさし氏自ら、自分がいなくなった後の三年間が「井上ひさしの旬と心得よ」と明言している。今もって井上ひさし氏の戯曲は上演され続け、若い俳優が役作りに挑み、ときに著名な賞が贈られている。井上芝居が「今」の意味を持って世の中に提示されているのは、まさにプロデューサーとしての麻矢さんの感性と判断によるところ大である。麻矢さん抜きに井上芝居は存在しえないとさえ思う。『夜中の電話』に収められたひさし氏の言葉からは、最後に「井上麻矢」という作品を必死に紡ぎ出そうとしている熱情が伝わってくる。ひさし氏は生前、その時、一番新しい作品が最高傑作だと言っていたそうだ。その意味でも、麻矢さんは最後の作品に当たる。

自分の持ち時間が残り少ないと自覚したとき、ひさし氏は死後、急速に過去の人になっていくことを十分、認識していただろう。自分亡き後、作品に新しい命を吹き込む「装置」を残したいと思った。それはやっぱり戯曲だったのだと思う。戯曲は、舞台で演じられさえすれば、いつでも「生きている」文学として存在できるからだ。

井上戯曲に命を吹き込む役割を担ったのが麻矢さんだ。これはたまたまではなく、なかば強引な父ひさし氏の指名でもある。単に作家井上ひさしを尊敬しているとか、敬愛しているとか、作品にはまったとかいうレベルでは足りない。演劇には、時に作者本人の思惑を超えた意図や、解釈を注ぎ込まなければならないだろう。両親の離婚で生活が一変した麻矢さんは、人生の一時期、父親を徹底して排除し、それでいて必死に父親を理解しようとした娘。だからこそ最も頼れる味方になると、ひさし氏は確信したに違いない。

麻矢さんは両親が離婚した際、パリに留学していた。本人は両親の離婚騒ぎを「いつものこと」と、ほとんど意に介していなかったらしい。しかし現実だった。麻矢さんは自分が親夫婦のかすがいになれなかったふがいなさを悔い、自分の弱さを責めたという。自分は強くならなければならないと決意し、どういうわけか身体を鍛え、それが高じて一時は自衛隊に入ろうとさえ思い、ひさし氏に止められたというエピソードもある。二十代のころは努めて父親の存在を意識から消しさろうとしていて「早く死ねばいい」とまで思ったのだとか。

それほど父親から離れた娘が再び父親に接近し同志として成長していく様は本書に鮮やかに描かれている。政治部記者として取材していたころ、先輩記者から諭されたのは「出来事を遠くから眺め、当事者にはできるだけ近づいて聞くこと」だった。それが全体像を的確に把握するとともに真相に迫る基本だと。麻矢さんは井上ひさしという作家に対して図らずもそのように接した。父親ひさし氏は作家ひさしの命を託すより代として麻矢さんに賭け、どうやら賭けに勝ったのだ。

私と麻矢さんとの付き合いは結構、新しい。知り合ったのは二〇一八年の晩夏の沖縄。晩夏といっても十一月の末。那覇支局勤務を拝命するという僥倖にひたっていた時分。麻矢さんはひさし氏が構想したまま、ついに書き切れなかった「木の上の軍隊」を多くの才能や技能を集めて舞台化し、沖縄で上演しようと奔走していた。公演の主催を計画した地元新聞社の一階オープンスペースで泡盛のキャンペーンイベントが開かれていた。私も半分は仕事のつもりでイベントをのぞきに行ったところ、新聞社の幹部から麻矢さんを紹介された。それが麻矢さんとの出会いだ。

その日は沖縄の飲み会らしく二次会は沖縄ではおなじみのステーキハウスに行き、三次会も昭和歌謡が流れるバーに行った。脳細胞のたった一つにさえ残す価値もない酔っぱらいの話を、麻矢さんは楽しそうに聞いてくれていた。と思う。なんたって酔っぱらいだから、細部は怪しい。

「木の上」はその後、紆余曲折がありながらも二〇一九年六月、沖縄で披露される運びとなった。その六月初め、半年ぶりに麻矢さんに会った。那覇市内の路地裏にある小さなレストラン。念願をやっと実現にこぎ着けた安堵感からか麻矢さんの口はかなり滑らかになっていて、随分とおそくまで話し込んでしまった。ワインと泡盛が参加したせいもあるだろう。「木の上の軍隊」公演が暗礁に乗り上げたとき、麻矢さんは地元新聞社の役員相手に「やるという返事をもらえない限り東京に帰れません」とたんかを切ったという。その役員たちもおおかた存じ上げているみなさんなので、さぞかし困ったであろうと想像できた。押し切ったのが麻矢さんだったのは言うまでもない。

ひさし氏は、麻矢さんにこまつ座を託す際「君がこまつ座さえしっかりやっていけば君の大切な人たちは守られる。君はやらなければならない」と説得したそうだ。そして「君は僕に似て根が明るい。楽天的だからきっと大丈夫。この仕事に合っています」とだめ押しした。「大切な人」にひさし氏はたくさんの思いを込めたと思う。ひさし氏にとって大切な人と麻矢さんにとって大切な人は、寸分たがわぬことを疑っていなかったのだろう。

ひさし氏の戯曲の登場人物は、ひさし氏の「大切な人たち」の匂いをまとっている。

最後の戯曲となった「組曲虐殺」の小林多喜二の恋人田口瀧子、作家になった意味が分かったという「父と暮せば」で父親を失いひとり生き残った福吉美津江に麻矢さんの面影を見るのは私だけではないだろう。

実際、こまつ座はひさし氏と麻矢さんの家族だけでなく、社員や多くの演劇関係者の生活を支えている。それは簡単なことではない。演劇はいろいろな人が携わるから、いろんな思惑が入り込む。不愉快なことも腹立たしいことも後を絶たないらしい。麻矢さんも、路地裏レストランではかなりの毒を吐いていた。とても「体に悪い分量」と言っていいくらいだが、本人の名誉のために具体的なことは書かないでおく。私が「そんなやつは断っちゃえ」などと無責任にあおると、麻矢さんは「そうですよね。代わりなんていくらでもあるよ」などと威勢のいいことを言うのだが、後日聞いたところでは、酔いが覚めて現実に対処する段階になると「私の立場はみんなが気持ちよく仕事をして、公演が滞りなくできるように調整することだから」と相手の顔を立てるところは立て、飲み込んでもらわなければならないことは説得し、もっとも穏便なところに上手に着地させていた。ひさし氏の教えをちゃんと守っているのだ。

「木の上」もそうだが、長崎を舞台にした「母と暮せば」というお芝居も、ひさし氏の遺志を形にした作品だ。広島の原爆を扱ったひさし氏の名作「父と暮せば」と対になる作品だが、ひさし氏の構想は「母と息子の話で、息子は医大生」だけしか固まっていなかったという。ちなみに、なぜ「医大生」だったのか麻矢さんに尋ねたところ「父が医大生になりたかったからじゃないですか？　頭もお金もなくてなれなかったけど」。娘ならではの容赦ない答えだった。

とはいえ「木の上」は沖縄で絶賛を博し「母」は2021年夏、「父」と連続上演され観客の涙腺を崩壊させた。ひさし氏も十分、満足できたのではないか。

借金だらけで麻矢さんに手渡された劇団こまつ座は、多くの支えを得て今もコンスタントに作品に命を吹き込み続けている。生前残した言葉は、こうして本になり世に送り出された。父親の話をこれだけ長い時間、ちゃんと聞いてくれて、しかも本にできるほど記録してくれる娘なんて、親孝行もののレベルも尋常ではない。これほど頼もしい跡継ぎもいないだろう。やっぱり娘の感性が研ぎ澄まされていたと言うべきだと思う。ひさし氏はうらやましい父親なのだ。

そしてもう一つ。『夜中の電話』を一読すれば感じると思うのだが、麻矢さんの文章はとても端正だと思う。余計な小細工はないし、むだな形容もない。新聞記者として文章を書いて給料をもらっている身としては大いに学ぶべきところだ。さすがひさし氏の娘という麻矢さんの文章も大いに堪能できる一冊にしあがっていると思う。

世の中には人生の教訓を集めたハウツー本があまた出ている。どれかを読むとしたら『夜中の電話』が一冊あれば、もうそれで十分だと思う。あえてそう言おう。日常で迷ったり悩んだり萎えたりしたとき『夜電』を読めば、きっと指針になる言葉をみつけられるだろう。だけども、この本を、ハウツー本としてだけ読んだのでは、もったいなさすぎる。この本を読んで、井上麻矢がプロデュースした演劇を見たなら、感動の大きさも深さもいやますこと請け合いだ。

というわけで、本は読み終わった？　では劇場で会いましょう。

（かとう・まさひろ　共同通信社デジタル編成部編集委員）

集英社文庫

夜中《よなか》の電話《でんわ》 父《ちち》・井上《いのうえ》ひさし最後《さいご》の言葉《ことば》

2021年9月25日 第1刷 定価はカバーに表示してあります。

著 者 井上麻矢《いのうえまや》

発行者 徳永 真

発行所 株式会社 集英社

東京都千代田区一ツ橋2-5-10 〒101-8050

電話 【編集部】03-3230-6095

【読者係】03-3230-6080

【販売部】03-3230-6393(書店専用)

印 刷 凸版印刷株式会社

製 本 凸版印刷株式会社

フォーマットデザイン アリヤマデザインストア マークデザイン 居山浩二

ISBN978-4-08-744302-8 C0195